GIORGIO
AGAMBEN
Meios sem fim:
notas sobre a política

OUTROS LIVROS DA **FILŌ**

FILŌ

A alma e as formas
Ensaios
Georg Lukács

A aventura da filosofia francesa no século XX
Alain Badiou

Ciência, um Monstro
Lições trentinas
Paul K. Feyerabend

Em busca do real perdido
Alain Badiou

Do espírito geométrico e da arte de persuadir
Blaise Pascal

A ideologia e a utopia
Paul Ricœur

O primado da percepção e suas consequências filosóficas
Maurice Merleau-Ponty

A teoria dos incorporais no estoicismo antigo
Émile Bréhier

A sabedoria trágica
Sobre o bom uso de Nietzsche
Michel Onfray

Se Parmênides
O tratado anônimo De Melisso Xenophane Gorgia
Barbara Cassin

A união da alma e do corpo em Malebranche, Biran e Bergson
Maurice Merleau-Ponty

FILŌAGAMBEN

Bartleby, ou da contingência
Giorgio Agamben
seguido de *Bartleby, o escrevente*
Herman Melville

A comunidade que vem
Giorgio Agamben

O homem sem conteúdo
Giorgio Agamben

Ideia da prosa
Giorgio Agamben

Introdução a Giorgio Agamben
Uma arqueologia da potência
Edgardo Castro

Nudez
Giorgio Agamben

A potência do pensamento
Ensaios e conferências
Giorgio Agamben

O tempo que resta
Um comentário à *Carta aos Romanos*
Giorgio Agamben

FILŌBATAILLE

Sobre Nietzsche: vontade de chance
Georges Bataille

O erotismo
Georges Bataille

O culpado
Seguido de *A aleluia*
Georges Bataille

A experiência interior
Seguida de *Método de meditação*
e *Postscriptum 1953*
Georges Bataille

A literatura e o mal
Georges Bataille

A parte maldita
Precedida de *A noção de dispêndio*
Georges Bataille

Teoria da religião
Seguida de *Esquema de uma história das religiões*
Georges Bataille

FILŌBENJAMIN

O anjo da história
Walter Benjamin

Baudelaire e a modernidade
Walter Benjamin

Imagens de pensamento
Sobre o haxixe e outras drogas
Walter Benjamin

Origem do drama trágico alemão
Walter Benjamin

Rua de mão única
Infância berlinense: 1900
Walter Benjamin

Walter Benjamin
Uma biografia
Bernd Witte

Estética e sociologia da arte
Walter Benjamin

FILŌESPINOSA

Breve tratado de Deus, do homem e do seu bem-estar
Espinosa

Espinosa subversivo e outros escritos
Antonio Negri

Princípios da filosofia cartesiana e Pensamentos metafísicos
Espinosa

A unidade do corpo e da mente
Afetos, ações e paixões em Espinosa
Chantal Jaquet

FILŌESTÉTICA

O belo autônomo
Textos clássicos de estética
Rodrigo Duarte (Org.)

O descredenciamento filosófico da arte
Arthur C. Danto

Do sublime ao trágico
Friedrich Schiller

Íon
Platão

Pensar a imagem
Emmanuel Alloa (Org.)

FILŌMARGENS

O amor impiedoso
(ou: Sobre a crença)
Slavoj Žižek

Estilo e verdade em Jacques Lacan
Gilson Iannini

Introdução a Foucault
Edgardo Castro

Kafka
Por uma literatura menor
Gilles Deleuze
Félix Guattari

Lacan, o escrito, a imagem
Jacques Aubert, François Cheng, Jean-Claude Milner, François Regnault, Gérard Wajcman

O sofrimento de Deus
Inversões do Apocalipse
Boris Gunjevic
Slavoj Žižek

Psicanálise sem Édipo?
Uma antropologia clínica da histeria em Freud e Lacan
Philippe Van Haute
Tomas Geyskens

ANTI**FILŌ**

A Razão
Pascal Quignard

FILŌAGAMBEN   autêntica

GIORGIO
AGAMBEN
Meios sem fim:
notas sobre a política

3ª reimpressão

TRADUÇÃO Davi Pessoa
REVISÃO DA TRADUÇÃO Cláudio Oliveira

Copyright © 1996 Bollati Boringhieri editore
Copyright © 2015 Autêntica Editora

Título original: *Mezzi senza fine: note sulla politica*

Todos os direitos reservados pela Autêntica Editora. Nenhuma parte desta publicação poderá ser reproduzida, seja por meios mecânicos, eletrônicos, seja via cópia xerográfica, sem a autorização prévia da Editora.

COORDENADOR DA COLEÇÃO FILÔ
Gilson Iannini

COORDENADOR DA SÉRIE FILÔ/AGAMBEN
CONSELHO EDITORIAL
Gilson Iannini (UFOP); Barbara Cassin (Paris); Carla Rodrigues (UFRJ); Cláudio Oliveira (UFF); Danilo Marcondes (PUC-Rio); Ernani Chaves (UFPA); Guilherme Castelo Branco (UFRJ); João Carlos Salles (UFBA); Monique David-Ménard (Paris); Olímpio Pimenta (UFOP); Pedro Süssekind (UFF); Rogério Lopes (UFMG); Rodrigo Duarte (UFMG); Romero Alves Freitas (UFOP); Slavoj Žižek (Liubliana); Vladimir Safatle (USP)

EDITORA RESPONSÁVEL
Rejane Dias

EDITORA ASSISTENTE
Cecília Martins

REVISÃO DA TRADUÇÃO
Cláudio Oliveira

REVISÃO
Lira Córdova
Lívia Martins

PROJETO GRÁFICO
Diogo Droschi

CAPA
Alberto Bittencourt
(Sobre foto Alex Healing de garrafa de Klein em espiral; http://goo.gl/sQXZxU)

DIAGRAMAÇÃO
Christiane Morais

Dados Internacionais de Catalogação na Publicação (CIP)
(Câmara Brasileira do Livro, SP, Brasil)

Agamben, Giorgio
  Meios sem fim : notas sobre a política / Giorgio Agamben ; tradução Davi Pessoa Carneiro. -- 1. ed.; 3. reimp. -- Belo Horizonte : Autêntica Editora, 2017. -- (FILÔ/Agamben)

  Título original: Mezzi senza fine: note sulla politica
  ISBN 978-85-8217-511-8

  1. Filosofia italiana 2. Filosofia política I. Título. II. Série.

14-12383   CDD-195

Índices para catálogo sistemático:
1. Filosofia italiana 195

GRUPO AUTÊNTICA

Belo Horizonte
Rua Carlos Turner, 420
Silveira . 31140-520
Belo Horizonte . MG
Tel.: (55 31) 3465 4500

Rio de Janeiro
Rua Debret, 23, sala 401
Centro . 20030-080
Rio de Janeiro . RJ
Tel.: (55 21) 3179 1975

São Paulo
Av. Paulista, 2.073,
Conjunto Nacional, Horsa I
23º andar . Conj. 2310-2312 .
Cerqueira César . 01311-940
São Paulo . SP
Tel.: (55 11) 3034 4468

www.grupoautentica.com.br

Guy Debord, *in memoriam*

9. **Advertência**

1.

13. Forma-de-vida
23. Para além dos direitos do homem
35. O que é um povo?
41. O que é um campo?

2.

51. Notas sobre o gesto
63. As línguas e os povos
71. Glosas à margem dos *Comentários sobre a sociedade do espetáculo*
87. O rosto

3.

97. Polícia soberana
101. Notas sobre a política
109. Neste exílio. Diário italiano 1992-94

129. **Notas aos textos**

131. **Coleção Filô**
133. **Série Filô Agamben**

Advertência

Os textos aqui recolhidos tentam, cada um a seu modo, pensar determinados problemas da política. Se a política parece, hoje, atravessar um eclipse permanente, no qual se apresenta em posição subalterna em relação à religião, à economia e até mesmo ao direito, isso é porque, na medida em que perdia consciência de seu estatuto ontológico, ela deixou de se confrontar com as transformações que progressivamente esvaziaram de dentro suas categorias e conceitos. Assim, acontece que, nas páginas que se seguem, paradigmas genuinamente políticos são procurados em experiências e fenômenos que habitualmente não são considerados políticos (ou o são de modo unicamente marginal): a vida natural dos homens (a *zoé*, por muito tempo excluída do âmbito propriamente político) restituída, segundo o diagnóstico da biopolítica foucaultiana, ao centro da *polis*; o estado de exceção (suspensão temporária do ordenamento, que revela, ao contrário, constituir a sua estrutura fundamental em todos os sentidos); o campo de concentração (zona de indiferença entre público e privado e, ao mesmo tempo, matriz escondida do espaço político em que vivemos); o refugiado, que, rompendo o nexo entre homem e cidadão, deixa de ser uma figura marginal para se tornar um fator decisivo da crise do Estado-nação moderno; a linguagem, objeto de uma hipertrofia e, juntamente, de uma expropriação, que definem a política das sociedades democrático-espetaculares nas quais vivemos; a esfera dos meios puros ou dos gestos (isto é, dos meios que, mesmo que permaneçam como meios, emancipam-se de sua relação com um fim) como esfera especial da política.

Os textos aqui reunidos se referem todos, de vários modos e segundo as ocasiões das quais nascem, a um espaço de trabalho ainda aberto (cujo primeiro fruto é o volume einaudiano *Homo sacer*,[1] Turim, 1995), do qual antecipam, às vezes, os núcleos originais e, outras vezes, apresentam estilhaços e fragmentos. Como tais, eles são destinados a encontrar seu verdadeiro sentido apenas na perspectiva do trabalho concluído, que é o de repensar todas as categorias da nossa tradição política à luz da relação entre poder soberano e vida nua.

---

[1] Referência à editora Einaudi, que publicou na Itália o primeiro volume de *Homo Sacer, O poder soberano e a vida nua*. (N.T.)

1.

Forma-de-vida

1. Os gregos não tinham um termo único para exprimir o que entendemos pela palavra *vida*. Serviam-se de dois termos semântica e morfologicamente distintos: *zoé*, que manifestava o simples fato de viver, comum a todos os viventes (animais, homens ou deuses), e *bios*, que significava a forma ou maneira de viver própria de um indivíduo ou de um grupo. Nas línguas modernas, em que essa oposição desaparece gradualmente do léxico (onde é conservada, como em *biologia* e *zoologia*, ela não indica mais nenhuma diferença substancial), um único termo – cuja opacidade cresce proporcionalmente à sacralização de seu referente – designa o nu pressuposto comum que é sempre possível isolar em cada uma das inumeráveis formas de vida.

Com o termo *forma-de-vida* entendemos, ao contrário, uma vida que jamais pode ser separada da sua forma, uma vida na qual jamais é possível isolar alguma coisa como uma vida nua.

2. Uma vida, que não pode ser separada da sua forma, é uma vida para a qual, no seu modo de viver, está em

jogo o próprio viver e, no seu viver, está em jogo antes de tudo o seu modo de viver. O que significa essa expressão? Define uma vida – a vida humana – em que os modos singulares, atos e processos do viver nunca são simplesmente *fatos*, mas sempre e primeiramente *possibilidade* de vida, sempre e primeiramente potência. Comportamentos e formas do viver humano nunca são prescritos por uma vocação biológica específica nem atribuídos por uma necessidade qualquer, mas, por mais ordinários, repetidos e socialmente obrigatórios, conservam sempre o caráter de uma possibilidade, isto é, colocam sempre em jogo o próprio viver. Por isso – isto é, enquanto é um ser de potência, que pode fazer e não fazer, conseguir ou falhar, perder-se ou encontrar-se –, o homem é o único ser em cujo viver está sempre em jogo a felicidade, cuja vida é irremediável e dolorosamente destinada à felicidade. Porém isso constitui imediatamente a forma-de-vida como vida política. (*"Civitatem... communitatem esse institutam propter vivere et bene vivere hominum in ea"* [A cidade se constitui em comunidade para que os homens vivam nela juntos e bem]: Marsílio de Pádua, *Defensor pacis*, V, II).[2]

3. O poder político que conhecemos sempre se funda, ao contrário, em última instância, na separação de uma esfera da vida nua do contexto das formas de vida. No direito romano, *vida* não é um conceito jurídico, mas indica o simples fato de viver ou um modo particular de vida. Há um único caso no qual o termo *vida* adquire um significado jurídico que o transforma em um verdadeiro e peculiar *terminus technicus*: é na expressão *vitae necisque potestas*, a qual designa o poder de vida e de morte do *pater*

---

[2] Marsílio de Pádua (1275-1342), filósofo, pensador político, médico e teólogo italiano. (N.T.)

sobre o filho homem. Yan Thomas[3] mostrou que, nessa fórmula, *que* não tem valor disjuntivo, *vida* não é senão um corolário de *nex*, do poder de matar.

A vida aparece, assim, originariamente no direito, somente como parte contrária de um poder que ameaça de morte. Mas o que vale para o direito de vida e de morte do *pater* vale com maior razão para o poder soberano (*imperium*), do qual o primeiro constitui a célula originária. Assim, na fundação hobbesiana da soberania, a vida no estado de natureza só é definida pelo seu ser incondicionadamente exposta a uma ameaça de morte (o direito ilimitado de todos sobre tudo), e a vida política, isto é, aquela que se desenvolve sob a proteção do Leviatã, não é senão essa mesma vida, exposta a uma ameaça que repousa, agora, apenas nas mãos do soberano. A *puissance absolue et perpetuelle*,[4] que define o poder estatal, não se funda, em última instância, em uma vontade política, mas na vida nua, que é conservada e protegida somente na medida em que se submete ao direito de vida e de morte do soberano (ou da lei). (Este, e não outro, é o significado originário do adjetivo *sacer* referido à vida humana.) O estado de exceção, sobre o qual o soberano decide todas as vezes, é precisamente aquele no qual a vida nua, que, na situação normal, aparece reunida às múltiplas formas de vida social, é colocada explicitamente em questão como fundamento último do poder político. O sujeito último, que se trata de excetuar e, ao mesmo tempo, de incluir na cidade, é sempre a vida nua.

---

[3] Yan Thomas (1943-2008), jurista e historiador francês; autor da tese de doutorado *Causa: sens et fonction d'un concept dans le langage du droit romain*, apresentada em 1976, na Universidade de Paris II. (N.T.)

[4] Em francês, no original. Tradução: "potência absoluta e perpétua". (N.T.)

4. "A tradição dos oprimidos nos ensina que o 'estado de exceção' no qual vivemos é a regra. Precisamos chegar a um conceito de história que corresponda a esse fato." Esse diagnóstico de Benjamin, que já tem mais de cinquenta anos,[5] não perdeu nada de sua atualidade. E isso não tanto ou não apenas porque o poder não tem, hoje, outra forma de legitimação que não seja a emergência, e por todos os lugares e continuamente faz apelo a ela e, ao mesmo tempo, trabalha secretamente para produzi-la (como não pensar que um sistema que pode agora funcionar apenas na base de uma emergência não esteja do mesmo modo interessado em mantê-la a qualquer preço?), mas também e, sobretudo, porque, nesse ínterim, a vida nua, que era o fundamento oculto da soberania, tornou-se por toda parte a forma de vida dominante. A vida, no estado de exceção tornado normal, é a vida nua que separa em todos os âmbitos as formas de vida de sua coesão em uma forma-de-vida. À cisão marxiana entre o homem e o cidadão sucede, assim, aquela entre a vida nua, portadora última e opaca da soberania, e as múltiplas formas de vida abstratamente recodificadas em pessoas jurídico-sociais (o eleitor, o trabalhador dependente, o jornalista, o estudante, mas também o soropositivo, o travesti, a estrela pornô, o idoso, o progenitor, a mulher), que repousam todas nela. (Ter permutado essa vida nua separada de sua forma, em sua abjeção, por um princípio superior – a soberania ou o sagrado – é o limite do pensamento de Bataille, que para nós se torna inservível.)

5. A tese de Foucault, segundo a qual "o que está colocado em jogo é hoje a vida" – e a política, por isso,

---

[5] A primeira edição italiana de *Meios sem fim* é de 1996. (N.T.)

se tornou biopolítica –, é, nesse sentido, substancialmente exata. Decisivo é, porém, o modo como se entende o sentido dessa transformação. Aquilo que resta de fato não interrogado, nos debates atuais sobre a bioética e sobre a biopolítica, é precisamente aquilo que mereceria ser, antes de tudo, questionado, e, portanto, o próprio conceito biológico de vida. Os dois modelos, simetricamente contrapostos por Rabinow[6] – da *experimental life*[7] do cientista acometido de leucemia, que faz de sua própria vida um laboratório de pesquisa e de experimentação ilimitada, e aquele de quem, ao contrário, em nome da sacralidade da vida, exaspera a antinomia entre ética individual e tecnociência –, participam ambos, de fato, sem se darem conta disso, do mesmo conceito de vida nua. Esse conceito – que se apresenta hoje sob as vestes de uma noção científica – é, na realidade, um conceito político secularizado. (De um ponto de vista estritamente científico, o conceito de vida não tem nenhum sentido: "as discussões sobre o significado real das palavras *vida* e *morte*", escreve Medawar,[8] "são índice, em biologia, de uma conversa de baixo nível. Tais palavras não têm nenhum significado intrínseco, e este não pode, por isso, ser esclarecido por um estudo mais atento e aprofundado".)

Daí derivam a frequentemente inadvertida mas decisiva função da ideologia médico-científica no sistema do poder e o uso crescente de pseudoconceitos científicos com fins de controle político: a mesma operação da vida

---

[6] Paul Rabinow (1944 -) é professor de antropologia na Universidade da Califórnia (Berkeley). (N.T.)

[7] Em inglês, no original. Tradução: "vida experimental". (N.T.)

[8] Peter Brian Medawar (1915-1987), biólogo britânico nascido no Brasil, em Petrópolis. Recebeu o Nobel de Medicina, em 1960, com pesquisa sobre o sistema imunológico dos animais. (N.T.)

nua, que o soberano podia fazer, em certas circunstâncias, sobre as formas de vida, é agora maciça e cotidianamente atuada pelas representações pseudocientíficas do corpo, da doença e da saúde e pela "medicalização" de esferas sempre mais amplas da vida e da imaginação individual. A vida biológica, forma secularizada da vida nua, que tem indecibilidade e impenetrabilidade em comum com esta, constitui literalmente, assim, as formas de vida reais em formas de *sobrevivência*, permanecendo nelas intocada como a obscura ameaça que pode atualizar-se imediatamente na violência, na estranheza, na doença e no acidente. Ela é o soberano invisível que nos olha por trás das máscaras insensíveis dos poderosos que, percebendo ou não isso, nos governam em seu nome.

6. Isto é, uma vida política orientada pela ideia de felicidade e coesa numa forma-de-vida só é pensável a partir da emancipação dessa cisão, do êxodo irrevogável de toda soberania. A pergunta sobre a possibilidade de uma política não estatal tem, portanto, necessariamente a forma: é possível, hoje, existe hoje algo como uma forma-de-vida, ou seja, uma vida para a qual, no seu viver, esteja em jogo o próprio viver, uma *vida da potência*?

Chamamos de *pensamento* o nexo que constitui as formas de vida em um contexto inseparável, em forma-de-vida. Com isso não entendemos a atividade individual de um órgão ou de uma faculdade psíquica, mas uma experiência, um *experimentum* que tem por objeto o caráter potencial da vida e da inteligência humana. Pensar não significa simplesmente ser afetado por esta ou por aquela coisa, por este ou por aquele conteúdo de pensamento em ato, mas ser, ao mesmo tempo, afetado pela própria receptividade, fazer experiência, em cada coisa pensada, de uma pura potência de pensar. ("O pensamento é o ser cuja natureza é ser em potência... quando o pensamento se tornou, em ato, cada um dos inteligíveis... permanece ainda, de algum modo, em potência, e pode, então, pensar a si mesmo": Aristóteles, *De anima*, 429 a-b).

Apenas se eu já não estou sempre e somente em ato, mas sou entregue a uma possibilidade e a uma potência, apenas se, nas minhas vivências e nos meus entendimentos, estão sempre em jogo o viver e o entender eles mesmos – ou seja, se há, nesse sentido, pensamento –, então uma forma de vida pode tornar-se, em sua própria facticidade e coisalidade, *forma-de-vida*, na qual nunca é possível isolar algo como uma vida nua.

7. A experiência do pensamento, que está aqui em questão, é sempre experiência de uma potência comum. Comunidade e potência identificam-se sem resíduos, porque o ser inerente de um princípio comunitário em toda potência é função do caráter necessariamente potencial de toda comunidade. Entre seres que estivessem desde sempre em ato, que já fossem sempre esta ou aquela coisa, esta ou aquela identidade e tivessem, nestas, esgotado inteiramente a sua potência, não poderia existir nenhuma comunidade, mas somente coincidências e partições factuais. Podemos nos comunicar com os outros só através daquilo que em nós, assim como nos outros, permaneceu em potência, e toda comunicação (como Benjamin intuiu para a língua) é, antes de tudo, comunicação não de um comum, porém de uma comunicabilidade. Por outro lado, se houvesse um único ser, este seria absolutamente impotente (por isso os teólogos afirmam que Deus criou o mundo *ex nihilo*, ou seja, absolutamente sem potência) e onde eu posso, ali já somos sempre muitos (assim como, se há uma língua, isto é, uma potência de falar, então não pode haver um único ser que a fala).

Por isso a filosofia política moderna não começa com o pensamento clássico, que havia feito da contemplação, do *bios theoretikos*, uma atividade separada e solitária ("exílio de um só junto a um só"), mas somente com o averroísmo, isto é, com o pensamento do único intelecto possível comum a todos os homens, e, especialmente, no ponto em que Dante, no *De monarchia*, afirma o ser inerente de uma *multitudo* à mesma potência do pensamento:

> Como a potência do pensamento humano não pode ser integral e simultaneamente atualizada por um único homem ou por uma única comunidade particular, é necessário que haja na espécie humana uma multidão através da qual a potência seja toda atuada... A tarefa da espécie humana, apreendida na sua totalidade, é o de atuar incessantemente toda a potência do intelecto possível, em primeiro lugar em vista da contemplação e, consequentemente, em vista do agir (I 3-4).

8. O intelecto como potência social e o *General Intellect* marxiano adquirem seu sentido apenas na perspectiva dessa experiência. Eles nomeiam a *multitudo* que é inerente à potência do pensamento como tal. A intelectualidade e o pensamento não são uma forma de vida ao lado de outras nas quais se articulam a vida e a produção social, mas são *a potência unitária que constitui em forma-de-vida as múltiplas formas de vida*. Diante da soberania estatal, que só pode afirmar-se separando em cada âmbito a vida nua da sua forma, eles são a potência que incessantemente liga a vida à sua forma ou que impede que se dissocie dela. O diferencial entre a simples, maciça inscrição do saber social nos processos produtivos, que caracteriza a fase atual do capitalismo (a sociedade do espetáculo), e a intelectualidade como potência antagonista e forma-de-vida passa pela experiência dessa coesão e dessa inseparabilidade. O pensamento é forma-de-vida, vida insegregável da sua forma,

e em qualquer lugar em que se mostre a intimidade dessa vida inseparável, na materialidade dos processos corpóreos e dos modos de vida habituais não menos do que na teoria, ali e somente ali há pensamento. E é esse pensamento, essa forma-de-vida que, abandonando a vida nua ao "homem" e ao "cidadão", que a vestem provisoriamente e a representam com os seus "direitos", deve tornar-se o conceito-guia e o centro unitário da política que vem.

Para além dos direitos do homem

1. Em 1943, Hannah Arendt publicava em uma pequena revista hebraica, em língua inglesa, *The Menorah Journal*, um artigo intitulado "We refugees" [Nós, refugiados]. No fim desse breve, mas significativo escrito, depois de ter esboçado polemicamente o retrato de Mr. Cohn, o judeu assimilado que, após ter sido 150% alemão, 150% vienense, 150% francês, precisou dar-se conta amargamente no fim de que *on ne parvient pas deux fois*,[9] Arendt inverte a condição de refugiado e de apátrida em que vivia, para propô-la como paradigma de uma nova consciência histórica. O refugiado que perdeu todo direito e cessa, porém, de querer assimilar-se a qualquer custo a uma nova identidade nacional, para contemplar lucidamente sua

---

[9] Em francês, no original. Trata-se de uma referência a Balzac, *Les Secrets de la princesse de Cadignan* (em português, *Os segredos da princesa de Cadignan*), uma novela publicada no jornal *La Presse*, em 1839, sob o título de *Une Princesse parisienne* (*Uma princesa parisiense*), depois publicada em volume no tomo XI da edição Furne da *Comédia Humana*. Faz parte das *Cenas da vida parisiense*. Literalmente, a expressão significa: "não se consegue duas vezes", mas no sentido de que "não se encontra a sorte duas vezes". (N.T.)

condição, recebe, em troca de uma impopularidade segura, uma vantagem inestimável: "a história não é mais, para ele, um livro fechado, e a política deixa de ser o privilégio dos Gentis. Ele sabe que o banimento do povo hebreu, na Europa, foi imediatamente seguido por aquele da maior parte dos povos europeus. Os refugiados caçados de país em país representavam a vanguarda dos seus povos".

Convém refletir sobre o sentido dessa análise, que hoje, exatamente a cinquenta anos de distância,[10] não perdeu nada de sua atualidade. Não só o problema se apresenta na Europa e fora dela, com idêntica urgência, mas, no declínio agora irrefreável do Estado-nação e na corrosão geral das categorias jurídico-políticas tradicionais, o refugiado é, talvez, a única figura pensável do povo no nosso tempo e, ao menos até quando não for realizado o processo de dissolução do Estado-nação e da sua soberania, a única categoria na qual é hoje permitido entrever as formas e os limites de uma comunidade política por vir. É possível, aliás, que, se quisermos estar à altura das tarefas absolutamente novas que estão diante de nós, tenhamos que nos decidir a abandonar sem reservas os conceitos fundamentais com os quais até o momento representamos os sujeitos do político (o homem e o cidadão com seus direitos, mas também o povo soberano, o trabalhador, etc.) e a reconstruir nossa filosofia política a partir dessa única figura.

2. A primeira aparição dos refugiados como fenômeno de massa se deu no fim da Primeira Guerra Mundial, quando a queda dos impérios russo, austro-húngaro e otomano, e a nova ordem criada pelos tratados de paz devastam profundamente a ordem demográfica e territorial

---

[10] O presente texto foi publicado pela primeira vez em 1993. (N.T.)

da Europa centro-oriental. Em pouco tempo se deslocam de seus países 1.500.000 russos brancos, 700.000 armênios, 500.000 búlgaros, 1.000.000 de gregos, centenas de milhares de alemães, húngaros e romenos. A essas massas em movimento incorpora-se a situação explosiva determinada pelo fato de que 30% das populações dos novos organismos estatais criados pelos tratados de paz a partir do modelo do Estado-nação (por exemplo, na Iugoslávia e na Checoslováquia) constituíam minorias que deviam ser tuteladas por uma série de tratados internacionais (os assim chamados *Minority Treaties*), permanecidos muito frequentemente como letra morta. Alguns anos depois, as leis raciais na Alemanha e a guerra civil na Espanha disseminaram pela Europa um novo e importante contingente de refugiados.

Estamos habituados a distinguir apátridas de refugiados, mas nem naquela época, nem hoje, a distinção é simples como pode parecer à primeira vista. Desde o início, muitos refugiados, que não eram tecnicamente apátridas, preferiram tornar-se um destes em vez de voltar para sua pátria (é o caso dos judeus poloneses e romenos que se encontravam na França ou na Alemanha no fim da guerra, e hoje os perseguidos políticos e muitos outros para os quais o retorno à pátria significa a impossibilidade de sobreviver). Por outro lado, os refugiados russos, armênios e húngaros foram prontamente desnacionalizados pelos novos governos soviético, turco, etc. É importante notar como, a partir da Primeira Guerra Mundial, muitos Estados europeus começaram a introduzir leis que permitiam a desnaturalização e a desnacionalização de seus cidadãos: em primeiro lugar, a França, em 1915, em relação aos cidadãos naturalizados de origem "inimiga"; em 1922, o exemplo foi seguido pela Bélgica, que revogou a naturalização dos cidadãos que haviam cometido atos "antinacionais" durante a guerra; em 1926, o regime fascista emanou uma lei análoga no que diz respeito aos cidadãos que se mostraram "indignos da cidadania italiana"; em 1933, foi a vez da Áustria, e assim por diante, até que em 1935 as leis de Nuremberg dividiram os cidadãos alemães em cidadãos em sentido pleno e cidadãos sem direitos políticos. Essas leis – e a massa de apátridas resultante delas – marcam uma virada decisiva na vida do Estado-nação moderno e sua definitiva emancipação das noções ingênuas de povo e cidadão.

Aqui não é o lugar para refazer a história dos vários comitês internacionais através dos quais os Estados, a Sociedade das Nações e, mais tarde, a ONU procuraram lidar com o problema dos refugiados, do Bureau Nansen[11] para os refugiados russos e armênios (1921), ao Alto Comissário para os refugiados da Alemanha (1936), ao Comitê Intergovernamental para os refugiados (1938), ao International Refugee Organization da ONU (1946) até o atual Alto Comissariado para os refugiados (1951), cuja atividade não tem, segundo o estatuto, caráter político, mas apenas "humanitário e social". O essencial é que, todas as vezes que os refugiados não representam mais casos individuais, porém um fenômeno de massa (como aconteceu entre as duas guerras e novamente agora), tanto essas organizações assim como cada um dos Estados, malgrado as evocações solenes dos direitos inalienáveis do homem, demonstraram-se absolutamente incapazes não só de resolver o problema, mas também, simplesmente, de enfrentá-lo de modo adequado. Toda a questão foi,

---

[11] O Comitê Internacional Nansen para os Refugiados foi uma organização da Sociedade das Nações. O norueguês Fridtjof Nansen foi seu criador e diretor. O Comitê teve um papel fundamental na proteção de refugiados provenientes de zonas de guerra, entre os anos 1930 e 1939. Nansen recebeu o Nobel da Paz em 1938. (N.T.)

portanto, transferida para as mãos da polícia e das organizações humanitárias.

3. As razões dessa impotência não estão apenas no egoísmo e na cegueira dos aparatos burocráticos, mas na ambiguidade das mesmas noções fundamentais que regulam a inscrição do *nativo* (isto é, da vida) no ordenamento jurídico do Estado-nação. Hannah Arendt intitulou o quinto capítulo do livro sobre o *Imperialismo*, dedicado ao problema dos refugiados, de *O declínio do Estado-nação e o fim dos direitos do homem*. É preciso tentar levar a sério tal formulação, que liga indissoluvelmente os destinos do direito do homem e o destino do Estado nacional moderno, de modo que o declínio deste implique necessariamente o devir obsoleto daqueles. O paradoxo, aqui, é que justamente a figura – o refugiado – que deveria ter encarnado por excelência os direitos do homem assinala, pelo contrário, a crise radical desse conceito. "A concepção dos direitos do homem", escreve Arendt, "baseada na existência suposta de um ser humano como tal, arruína-se não só frente àqueles que a professavam e que se encontraram pela primeira vez diante de homens que perderam verdadeiramente qualquer outra qualidade e relação específica – exceto o puro fato de serem humanos". No sistema do Estado-nação, os assim chamados direitos sagrados e inalienáveis do homem mostram-se desprovidos de toda tutela no próprio momento em que não é mais possível configurá-los como direitos dos cidadãos de um Estado. Isso está implícito, se refletirmos bem, na ambiguidade do próprio título da Declaração de 1789: *Déclaration des droits de l'homme et du citoyen*, no qual não está claro se os dois termos nomeiam duas realidades distintas ou se fornecem, ao contrário, uma hendíadis, na qual o primeiro termo já está, na verdade, sempre contido no segundo.

Que, para algo como o puro homem em si mesmo, não exista, no ordenamento político do Estado-nação, um espaço autônomo é evidente no mínimo pelo fato de que o estatuto de refugiado foi sempre considerado, mesmo no melhor dos casos, como uma condição provisória, que deve levar ou à naturalização ou à repatriação. Um estatuto estável do homem em si mesmo é inconcebível no direito do Estado-nação.

4. É tempo de parar de olhar para as Declarações dos Direitos de 1789 até hoje como proclamações de valores eternos metajurídicos, inclinados a vincular o legislador ao respeito a eles, e de considerá-las segundo aquela que é sua função real no Estado moderno. Os direitos do homem representam, de fato, antes de tudo, a figura originária da inscrição da vida nua natural na ordem jurídico-política do Estado-nação. Aquela vida nua (a criatura humana), que, no *Ancien Régime*, pertencia a Deus e que, no mundo clássico, era claramente distinta (como *zoé*) da vida política (*bios*), entra agora em primeiro plano no cuidado do Estado e se torna, por assim dizer, seu fundamento terreno. Estado-nação significa: Estado que faz da natividade, do nascimento (isto é, da vida nua humana) o fundamento da própria soberania. Esse é o sentido (nem mesmo muito oculto) dos primeiros três artigos da Declaração de 1789: somente porque inscreveu (art. 1º e 2º) o elemento nativo no coração de toda associação política, ela pode unir firmemente (art. 3º) o princípio de soberania à nação (conformemente ao étimo, *natio* significa na origem, simplesmente "nascimento").

As Declarações dos Direitos são, então, vistas como o lugar no qual se atua a passagem da soberania real de origem divina à soberania nacional. Elas asseguram a inserção da vida na nova ordem estatal que deverá suceder à queda do *Ancien Régime*. Que, através delas, o *súdito* se transforme em *cidadão* significa que o nascimento – ou seja, a vida nua natural – torna-se aqui pela primeira vez (com uma transformação cujas consequências biopolíticas só podemos agora começar a calcular) o portador imediato da soberania. O princípio de natividade e o princípio de soberania, separados no *Ancien Régime*, unem-se agora irrevogavelmente para constituir o fundamento do novo Estado-nação. A ficção aqui implícita é que o *nascimento* se torne imediatamente *nação*, de modo que não possa existir nenhuma separação entre os dois momentos. Ou seja, os direitos são atribuídos ao *homem* apenas na medida em que ele é o pressuposto imediatamente dissipador (e que, ao contrário, nunca deve vir à luz como tal) do *cidadão*.

5. Se o refugiado representa, no ordenamento do Estado-nação, um elemento tão inquietante, é antes de tudo porque, rompendo a identidade entre homem e cidadão, entre natividade e nacionalidade, põe em crise a ficção originária da soberania. Exceções particulares a esse princípio, naturalmente, sempre existiram: a novidade do nosso tempo, que ameaça o Estado-nação nos seus próprios fundamentos, é que partes crescentes da humanidade não são mais representáveis no seu interior. Por isso, na medida em que se rompe a velha trindade Estado-nação-território, o refugiado, essa figura aparentemente marginal, merece ser, pelo contrário, considerado como a figura central da nossa história política. É importante não esquecermos que os primeiros campos foram construídos na Europa como espaço de controle para os refugiados, e que a sucessão campos de internamento-campos de concentração-campos de extermínio representa uma filiação perfeitamente real. Uma das poucas regras nas quais os nazistas se apoiaram constantemente ao longo da "solução final" era que, só

depois de terem sido completamente desnacionalizados (mesmo daquela cidadania de segunda classe que lhes cabia após as leis de Nuremberg), os judeus e os ciganos podiam ser enviados aos campos de extermínio. Quando seus direitos não são mais direitos do cidadão, então o homem é realmente *sagrado*, no sentido que esse termo tem no direito romano arcaico: votado à morte.

6. É necessário desvencilhar resolutamente o conceito de refugiado daquele dos direitos do homem e parar de considerar o direito de asilo (de resto agora em via de drástica contração na legislação dos Estados europeus) como sendo a categoria conceitual na qual inscrever o fenômeno (um olhar às recentes *Teses sobre o direito de asilo* de Ágnes Heller[12] mostra que isso não pode senão levar, hoje, a confusões inoportunas). O refugiado é considerado por aquilo que é, ou seja, nada menos do que um conceito-limite que põe em crise radical os princípios do Estado-nação e, ao mesmo tempo, permite liberar o campo para uma renovação categorial doravante inadiável.

Nesse ínterim, de fato, o fenômeno da imigração considerada ilegal nos países da Comunidade Europeia assumiu (e irá assumir sempre mais nos próximos anos, com os 20 milhões de imigrados previstos dos países da Europa Central) características e proporções capazes de justificar plenamente essa inversão de perspectiva. Aquilo que os Estados industrializados têm atualmente diante deles é uma *massa estavelmente residente de não-cidadãos*, que não podem nem querem ser naturalizados nem repatriados. Esses não-cidadãos têm frequentemente uma nacionalidade de origem, mas, enquanto preferem não usufruir da proteção de seu Estado, encontram-se, tal como os refugiados, na

---

[12] Ágnes Heller (1929-), filósofa húngara, discípula de Lukács. (N.T.)

condição de "apátridas de fato". Tomas Hammar[13] propôs usar, para esses residentes não-cidadãos, o termo *denizens*, que tem o mérito de mostrar como o conceito *citizen* é, agora, inadequado para descrever a realidade político-social dos Estados modernos. Por outro lado, os cidadãos dos Estados industriais avançados (tanto nos Estados Unidos como na Europa) manifestam, através de uma deserção crescente em relação às instâncias codificadas da participação política, uma propensão evidente em se transformar em *denizens*, em residentes estáveis não-cidadãos, de modo que cidadãos e *denizens* estão entrando, pelo menos em certas faixas sociais, numa zona de indistinção potencial. Paralelamente, em conformidade com o já notório princípio segundo o qual a assimilação substancial em presença de diferenças formais exaspera o ódio e a intolerância, crescem as reações xenofóbicas e as mobilizações defensivas.

7. Antes que se reabram na Europa os campos de extermínio (o que já está começando a acontecer), é necessário que os Estados-nação encontrem coragem para colocar em questão o próprio princípio de inscrição da natividade e a trindade Estado-nação-território que nele se funda. Não é fácil indicar a partir de agora os modos nos quais isso poderá concretamente realizar-se. Basta, aqui, sugerir uma direção possível. É notório que uma das opções levadas em consideração para a solução do problema de Jerusalém é que ela se torne, contemporaneamente e sem divisão territorial, capital de dois organismos estatais diferentes. A condição paradoxal de extraterritorialidade recíproca (ou melhor, aterritorialidade) que isso implicaria poderia ser generalizada como modelo de novas relações

---

[13] Tomas Hammar é professor do Centre for Research in International Migration and Ethnic Relations (CEIFO) da Universidade de Estocolmo. (N.T.)

internacionais. Em vez de dois Estados nacionais separados por incertos e ameaçadores confins, seria possível imaginar duas comunidades políticas insistentes numa mesma região e em êxodo uma em relação à outra, articuladas entre si por uma série de extraterritorialidades recíprocas, na qual o conceito-guia não seria mais o *ius* do cidadão, mas o *refugium* do indivíduo. Em sentido análogo, poderíamos olhar para a Europa não como uma impossível "Europa das nações", da qual já se entrevê a curto prazo a catástrofe, mas como um espaço aterritorial ou extraterritorial, no qual todos os residentes dos Estados europeus (cidadãos e não-cidadãos) estariam em posição de êxodo ou de refúgio e o estatuto de europeu significaria o estar-em-êxodo (obviamente também imóvel) do cidadão. O espaço europeu assinalaria, então, uma separação irredutível entre o nascimento e a nação, na qual o velho conceito de povo (que, como se sabe, é sempre minoria) poderia reencontrar um sentido político, contrapondo-se decididamente àquele de nação (que até então o usurpou indevidamente).

Esse espaço não coincidiria com nenhum território nacional homogêneo nem com sua soma *topográfica*, mas agiria sobre eles, penetrando-os e articulando-os *topologicamente* como numa garrafa de Klein[14] ou numa fita de Moebius,[15] onde exterior e interior ficam indeterminados. Nesse novo espaço, as cidades europeias, entrando em

---

[14] Garrafa de Klein é uma superfície não orientável, na qual não há distinção entre interno e externo. Ela foi descrita pela primeira vez, em 1882, pelo matemático alemão Félix Klein. A garrafa de Klein é um espaço topológico obtido pela união de duas fitas de Moebius, no entanto, diferente da fita de Moebius, que tem uma superfície com borda, a garrafa de Klein não possui borda. (N.T.)

[15] Fita de Moebius é um espaço topológico obtido pela união das duas extremidades de uma fita, após a realização de uma meia-volta numa delas. Foi inventada por August Ferdinand Moebius, em 1858. (N.T.)

relação de extraterritorialidade específica, reencontrariam sua antiga vocação de cidades do mundo.

Numa espécie de terra de ninguém entre o Líbano e Israel, encontram-se hoje 425 palestinos expulsos do Estado de Israel. Esses homens constituem certamente, segundo a sugestão de Hannah Arendt, "a vanguarda de seu povo". Mas não necessariamente ou não unicamente no sentido de que eles formariam o núcleo originário de um futuro Estado nacional, que resolveria o problema palestino provavelmente de modo igualmente insuficiente tal como Israel resolveu a questão judaica. Antes, a terra de ninguém na qual estão refugiados retroagiu até agora sobre o território do Estado de Israel, furando-o e alterando-o de modo que a imagem daquela colina coberta de neve se tornou mais interior a ele do que qualquer outra região da Terra de Israel. Somente numa terra na qual os espaços dos Estados tiverem sido, desse modo, perfurados e topologicamente deformados e nos quais o cidadão terá sabido reconhecer o refugiado que ele mesmo é, é pensável hoje a sobrevivência política dos homens.

O que é um povo?

1. Toda interpretação do significado político do termo *povo* deve partir do fato singular de que este, nas línguas europeias modernas, sempre indica também os pobres, os deserdados, os excluídos. *Ou seja, um mesmo termo nomeia tanto o sujeito político constitutivo como a classe que, de fato, se não de direito, está excluída da política.*

Em italiano *popolo*, em francês *peuple*, em espanhol *pueblo* [em português *povo*] (como os adjetivos correspondentes *popolare, populaire, popular* e os latinos tardios *populus* e *popularis* dos quais todos derivam) designam, na língua comum e no léxico político, tanto o conjunto dos cidadãos como corpo político unitário (como em "povo italiano" ou em "juiz popular") quanto os pertencentes às classes inferiores (como em *homme du peuple, rione popolare, front populaire*). Também em inglês *people*, que tem um sentido mais indiferenciado, conserva, porém, o significado de *ordinary people* em oposição aos ricos e à nobreza. Na constituição americana lê-se, assim, sem distinção de gênero, "*We people of the United States...*"; mas quando Lincoln, no discurso de Gettisburgh, invoca um "*Government of the people by the people for the people*", a repetição contrapõe implicitamente ao primeiro povo um outro. O quanto essa ambiguidade era essencial também durante a Revolução Francesa (isto é, exatamente no momento em que se reivindica o princípio da soberania popular) é testemunhado pelo papel decisivo que cumpriu ali a compaixão pelo povo entendido como classe excluída. Hannah Arendt lembrou que "a própria definição do termo havia nascido da compaixão e a palavra tornou-se sinônimo de azar e de infelicidade – *le peuple, les malheureux m'applaudissent* [o povo, os infelizes me aplaudem], costumava dizer Robespierre; *le peuple toujours malheureux*, [o povo sempre infeliz] como se exprimia até mesmo Sieyès,[16] uma das figuras menos sentimentais e mais lúcidas da Revolução". Mas já em Bodin,[17] num sentido oposto, no capítulo da *République* no qual é definida a democracia, ou *Etat populaire*, o conceito é duplo: ao *peuple en corps* [povo como corpo político], como titular da soberania, corresponde o *menu peuple* [o povão], que a sabedoria aconselha excluir do poder político.

2. Uma ambiguidade semântica tão difundida e constante não pode ser casual: ela deve refletir uma anfibologia inerente à natureza e à função do conceito de *povo* na política ocidental. Ou seja, tudo ocorre como se aquilo que chamamos de povo fosse, na realidade, não um sujeito unitário, mas uma oscilação dialética entre dois polos opostos: de um lado, o conjunto *Povo* como corpo político integral, de outro, o subconjunto *povo* como multiplicidade fragmentária de corpos necessitados

---

[16] Emmanuel Joseph Sieyès (1748-1836), político, escritor e eclesiástico francês. Autor de "Qu'est-ce que le tiers état?", panfleto político publicado às vésperas da Revolução Francesa. (N.T.)

[17] Jean Bodin (1530-1596), jurista francês, membro do Parlamento de Paris e professor de direito em Toulouse. A questão da soberania se encontra sistematizada por ele em *Les six livres de la république*. (N.T.)

e excluídos; ali uma inclusão que se pretende sem resíduos, aqui uma exclusão que se sabe sem esperanças; num extremo, o Estado total dos cidadãos integrados e soberanos, no outro, a reserva – corte dos milagres ou campo – dos miseráveis, dos oprimidos, dos vencidos que foram banidos. Um referente único e compacto do termo *povo* não existe, nesse sentido, em nenhum lugar: como muitos conceitos políticos fundamentais (semelhantes, nisso, aos *Urworte* de Carl Abel e Freud ou às relações hierárquicas de Dumont), povo é um conceito polar, o qual indica um duplo movimento e uma complexa relação entre dois extremos. Mas isso significa, também, que a constituição da espécie humana num corpo político passa por uma cisão fundamental e que, no conceito de *povo*, podemos reconhecer sem dificuldade os pares categoriais que vimos definir a estrutura política original: vida nua (*povo*) e existência política (*Povo*), exclusão e inclusão, *zoé* e *bios. Ou seja, o povo já traz sempre em si a fratura biopolítica fundamental. Ele é aquilo que não pode ser incluído no todo do qual faz parte e não pode pertencer ao conjunto no qual já está desde sempre incluído.*

Daí as contradições e as aporias a que ele dá lugar todas as vezes que é evocado e colocado em jogo na cena política. Ele é aquilo que já é desde sempre e que precisa, no entanto, realizar-se; é a fonte pura de toda identidade e deve, porém, redefinir-se e purificar-se continuamente através da exclusão, da língua, do sangue e do território. Ou seja, no polo oposto, é aquilo que falta por essência a si mesmo e cuja realização coincide, por isso, com sua própria abolição; é aquilo que, para ser, deve negar, com seu oposto, a si mesmo (daqui as aporias específicas do movimento operário, direcionado ao *povo* e, ao mesmo tempo, voltado para a sua abolição). De tempos em tempos bandeira sangrenta da reação e insígnia incerta das revoluções e das frentes populares, o povo contém em todo caso uma cisão mais originária do que aquela amigo-inimigo, uma guerra civil incessante que o divide mais radicalmente do que todo conflito e, ao mesmo tempo, o mantém unido e o constitui mais solidamente do que qualquer identidade. Observando bem, aliás, aquilo que Marx chama de luta de classe e que, mesmo permanecendo substancialmente indefinido, ocupa um posto muito central em seu pensamento, não é senão essa guerra interna que divide cada povo e que terá um fim somente quando, na sociedade sem classes ou no reino messiânico, *Povo* e *povo* coincidirem e não houver mais, especificamente, povo algum.

3. Se isso for verdade, se o povo contém necessariamente em seu interior a fratura biopolítica fundamental, será então possível ler de modo novo algumas páginas decisivas da história do nosso século. Visto que, se a luta entre os dois povos já estava certamente em curso desde sempre, no nosso tempo ela sofreu uma última, paroxística aceleração. Em Roma, a cisão interna do povo era sancionada juridicamente na divisão clara entre *populus* e *plebs*, os quais tinham, cada um deles, suas instituições e seus magistrados, assim como na Idade Média a distinção entre povo miúdo e povo gordo correspondia a uma articulação precisa de diversas artes e profissões; mas quando, a partir da Revolução Francesa, o povo se torna o depositário único da soberania, o *povo* transforma-se numa presença embaraçosa, e miséria e exclusão aparecem pela primeira vez como um escândalo em qualquer sentido intolerável. Na idade moderna, miséria e exclusão não são apenas conceitos econômicos e sociais, mas são categorias eminentemente políticas (todo o economicismo e o "socialismo" que parecem dominar a política moderna têm, na realidade, um significado político, aliás, *biopolítico*).

Nessa perspectiva, o nosso tempo não é senão a tentativa – implacável e metódica – de atestar a cisão que divide o povo, eliminando radicalmente o povo dos excluídos. Essa tentativa reúne, segundo modalidades e horizontes diferentes, esquerda e direita, países capitalistas e países socialistas, unidos no projeto – em última análise inútil, porém que se realizou parcialmente em todos os países industrializados – de produzir um povo uno e indivisível. A obsessão do desenvolvimento é tão eficaz no nosso tempo porque coincide com o projeto biopolítico de produzir um povo sem fratura.

O extermínio dos judeus na Alemanha nazista adquire, nessa perspectiva, um significado radicalmente novo. Como povo que recusa integrar-se no corpo político nacional (supõe-se, de fato, que toda sua assimilação seja, na verdade, somente simulada), os judeus são os representantes por excelência e quase o símbolo vivente do *povo*, daquela vida nua que a modernidade cria necessariamente no seu interior, mas cuja presença não consegue mais de algum modo tolerar. E na fúria lúcida com a qual o *Volk* alemão, representante por excelência do povo como corpo político integral, procura eliminar para sempre os judeus, devemos ver a fase extrema da luta interna que divide *Povo* e *povo*. Com a solução final (que envolve, não por acaso, também os ciganos e outros não integráveis), o nazismo procura obscura e inutilmente liberar a cena política do Ocidente dessa sombra intolerável, para produzir finalmente o *Volk* alemão como povo que atestou a fratura biopolítica original (por isso os chefes nazistas repetem tão obstinadamente que, eliminando judeus e ciganos, estão, na verdade, trabalhando também para os outros povos europeus).

Parafraseando o postulado freudiano sobre a relação entre *Es* e *Ich*, poderíamos dizer que a biopolítica moderna é sustentada pelo princípio segundo o qual "onde há vida nua, um *Povo* deverá ser"; sob a condição, porém, de acrescentar imediatamente que tal princípio vale também na formulação inversa, que quer que "onde há um *Povo*, ali haverá vida nua". A fratura, que acreditavam ter sanado eliminando o *povo* (os judeus que são seu símbolo), reproduz-se, assim, transformando novamente todo o povo alemão em vida sagrada votada à morte e em corpo biológico que deve ser infinitamente purificado (eliminando doentes mentais e portadores de doenças hereditárias). E de modo diferente mas análogo, hoje o projeto democrático-capitalista de eliminar, através do desenvolvimento, as classes pobres não só reproduz no seu interior o povo dos excluídos, mas transforma em vida nua todas as populações do Terceiro Mundo. Somente uma política que tiver sabido prestar contas da cisão biopolítica fundamental do Ocidente poderá deter essa oscilação e colocar um fim na guerra civil que divide os povos e as cidades da terra.

O que é um campo?

O que aconteceu nos campos supera de tal modo o conceito jurídico de crime que com frequência se omitiu simplesmente de considerar a estrutura específica jurídico-política na qual aqueles acontecimentos se produziram. O campo é somente o lugar no qual se realizou a mais absoluta *condicio inhumana* que já se deu sobre a terra: isso é, em última análise, aquilo que conta, para as vítimas e para seus pósteros. Seguiremos, aqui, deliberadamente uma orientação contrária. Em vez de deduzir a definição do campo dos eventos que se deram ali, iremos nos perguntar antes: *o que é um campo, qual é sua estrutura jurídico-política, por que acontecimentos semelhantes puderam ter tido lugar ali?* Isso nos levará a olhar para o campo não como um fato histórico e uma anomalia pertencente ao passado (mesmo que, eventualmente, ainda verificável), mas, de algum modo, como a matriz oculta, o *nomos* do espaço político no qual ainda vivemos.

Os historiadores discutem se a primeira aparição dos campos deve ser identificada nos *campos de concentraciones* criados pelos espanhóis em Cuba, em 1896, para reprimir a insurreição da população da colônia, ou nos *concentration camps* nos quais os ingleses, no início do século XX, mataram os bôeres; o que importa, aqui, é que, em ambos os casos, se trata da extensão a uma inteira população civil de um estado de exceção ligado a uma guerra colonial. Ou seja, os campos nascem não do direito ordinário (e menos do que nunca, como também se poderia acreditar, de uma transformação e de um desenvolvimento do direito carcerário), mas do estado de exceção e da lei marcial. Isso é ainda mais evidente para os *Lager* nazistas, sobre cuja origem e sobre cujo regime jurídico estamos bem documentados. É sabido que a base jurídica do internamento não era o direito comum, porém a *Schutzhaft* (literalmente: custódia protetora), um instituto jurídico de derivação prussiana, que os juristas nazistas classificam, às vezes, como uma medida de polícia preventiva, enquanto permitia "prender em custódia" indivíduos independentemente de qualquer comportamento penalmente relevante, unicamente com o fim de evitar um perigo para a segurança do Estado. Mas a origem da *Schutzhaft* está na lei prussiana de 4 de junho de 1851 sobre o estado de sítio, a qual em 1871 foi estendida para toda a Alemanha (com exceção da Baviera), e, antes ainda, na lei prussiana sobre a "proteção da liberdade pessoal" (*Schutz der persönlichen Freiheit*) de 12 de fevereiro de 1850, que foram aplicadas maciçamente na ocasião da Primeira Guerra Mundial.

Esse nexo constitutivo entre estado de exceção e campo de concentração não poderia ser superestimado para uma compreensão correta da natureza do campo. A "proteção" da liberdade que está em questão na *Schutzhaft* é, ironicamente, proteção contra a suspensão da lei que caracteriza a emergência. A novidade é que, agora, esse instituto se libera do estado de exceção sobre o qual se fundava e lhe é permitido vigorar na situação normal. *O campo é o espaço que se abre quando o estado de exceção começa a se tornar a regra*. Nele, o estado de exceção, que era essencialmente uma suspensão temporal do ordenamento, adquire uma ordem espacial permanente que, como tal, fica, porém, constantemente fora do ordenamento normal. Quando em março de 1933, em coincidência com as celebrações para a eleição de Hitler como chanceler do Reich, Heinrich Himmler[18] decidiu criar em Dachau um "campo de concentração para prisioneiros políticos", este foi imediatamente confiado às SS e, através da *Schutzhaft*, colocado fora das regras do direito penal e do direito carcerário, com os quais nem naquele momento, nem em seguida, jamais teve qualquer relação. Dachau e os outros campos que foram imediatamente construídos (Sachsenhausen, Buchenwald, Lichtenberg) permaneceram virtualmente sempre funcionando: aquilo que variava era a consistência da sua população (que, em certos períodos, particularmente entre 1935 e 1937, antes que começasse a deportação dos judeus, reduziu-se a 7.500 pessoas), mas o campo como tal havia se tornado na Alemanha uma realidade permanente.

É necessário refletir sobre o estatuto paradoxal do campo como espaço de exceção: ele é um pedaço de território que é colocado fora do ordenamento jurídico normal, mas não é, por isso, simplesmente um espaço exterior. O que nele é excluído, segundo o significado etimológico do termo exceção (*ex-capere*), é *capturado fora*, incluído através de sua própria exclusão. Mas aquilo que, desse modo, é antes de tudo capturado no ordenamento é o próprio estado de exceção. Ou seja, o campo é a estrutura na qual o estado de exceção, sobre cuja decisão possível se funda o poder soberano, é realizado de modo estável. Hannah Arendt observou uma vez que

---

[18] Heinrich Luitpold Himmler (1900-1945) foi um *Reichsführer* das *Schutzstaffel* (SS), comandante militar, e um dos principais chefes do Partido Nazi (NSDAP) da Alemanha Nazista. (N.T.)

nos campos emerge em plena luz o princípio que rege o domínio totalitário e que o senso comum recusa-se obstinadamente a admitir, ou seja, o princípio segundo o qual "tudo é possível". *Só porque os campos representam, no sentido que vimos, um espaço de exceção, no qual a lei é integralmente suspendida, neles tudo é realmente possível.* Se não se compreende essa estrutura particular jurídico-política dos campos, cuja vocação é, de fato, a de realizar estavelmente a exceção, o inacreditável que neles ocorreu permanece totalmente ininteligível. Quem entrava no campo se movia numa zona de indistinção entre exterior e interior, exceção e regra, lícito e ilícito, na qual faltava toda proteção jurídica; além disso, se era um judeu, ele já havia sido privado, pelas leis de Nuremberg, de seus direitos de cidadão e, sucessivamente, no momento da "solução final", já havia sido completamente desnacionalizado. *Como seus habitantes foram despidos de todo estatuto político e reduzidos integralmente a vida nua, o campo é também o mais absoluto espaço biopolítico que já existiu, no qual o poder não tem diante de si senão a pura vida biológica sem nenhuma mediação.* Por isso, o campo é o próprio paradigma do espaço político no ponto em que a política se torna biopolítica e o *homo sacer* se confunde virtualmente com o cidadão. A pergunta correta em relação aos horrores cometidos nos campos não é, portanto, aquela que questiona hipocritamente como foi possível cometer crimes tão atrozes contra seres humanos; mais honesto e, sobretudo, mais útil seria indagar atentamente através de quais procedimentos jurídicos e de quais dispositivos políticos seres humanos puderam ser tão integralmente privados de seus direitos e de suas prerrogativas, até que cometer nos seus confrontos qualquer ato não parecesse mais como um delito (nesse ponto, de fato, tudo tinha se tornando realmente possível).

Se isso é verdade, se a essência do campo consiste na materialização do estado de exceção e na consequente criação de um espaço para a vida nua como tal, teremos que admitir, então, que nos encontramos virtualmente em presença de um campo todas as vezes em que for criada uma estrutura semelhante, independentemente da entidade dos crimes que são cometidos ali e qualquer que seja a sua denominação e topografia específica. Será um campo tanto o estádio de Bari, no qual, em 1991, a polícia italiana amontoou provisoriamente os imigrados clandestinos albaneses antes de devolvê-los a seu país, quanto o velódromo de inverno no qual as autoridades de Vichy recolheram os judeus antes de entregá-los aos alemães; tanto o campo de refugiados na fronteira com a Espanha, no qual morreu, em 1939, Antonio Machado, quanto as *zones d'attente* nos aeroportos internacionais franceses, nas quais foram mantidos os estrangeiros que pedem o reconhecimento do estatuto de refugiado. Em todos esses casos, um lugar aparentemente anódino (por exemplo, o Hotel Arcades, em Roissy) delimita, na realidade, um espaço no qual o ordenamento normal é, de fato, suspenso e no qual o fato de que sejam cometidas ou não atrocidades não depende do direito, mas somente da civilidade e do sentido ético da polícia que age provisoriamente como soberana (por exemplo, nos quatro dias em que os estrangeiros foram detidos nas *zone d'attente* antes da intervenção da autoridade judicial). Mas também certas periferias das grandes cidades pós-industriais e as *gated communities* estadunidenses começam, hoje, a assemelhar-se, nesse sentido, aos campos, nos quais vida nua e vida política entram, ao menos em determinados momentos, numa zona de absoluta indeterminação.

O nascimento do campo no nosso tempo aparece, então, nessa perspectiva, como um acontecimento que marca de modo decisivo o próprio espaço político da modernidade. Ele se produz no ponto em que o sistema político do Estado-nação moderno, o qual se fundava no nexo funcional entre uma determinada localização (o território) e um determinado ordenamento (o Estado), mediado por regras automáticas de inscrição da vida (o nascimento ou nação), entra numa crise duradoura e o Estado decide assumir diretamente entre suas tarefas o cuidado da vida biológica da nação. Se a estrutura do Estado-nação é definida por três elementos, *território, ordenamento, nascimento*, a ruptura do velho *nomos* não se produz nos dois aspectos que os constituíam segundo Schmitt (a localização, *Ortung*, e o ordenamento, *Ordnung*), mas no ponto em que assinala a inscrição da vida nua (o *nascimento* que, assim, torna-se *nação*) no seu interior. Alguma coisa não pode mais funcionar nos mecanismos tradicionais que regulavam tal inscrição, e o campo passa a ser o novo regulador oculto da inscrição da vida no ordenamento – ou, ainda mais, o signo da impossibilidade de o sistema funcionar sem se transformar numa máquina letal. É significativo que os campos surjam juntamente com as novas leis sobre a cidadania e sobre a desnacionalização dos cidadãos (não só as leis de Nuremberg sobre a cidadania do Reich, mas também as leis sobre a desnacionalização dos cidadãos emanadas de quase todos os Estados europeus, incluída a França, entre 1915 e 1933). O estado de exceção, que era essencialmente uma suspensão temporal do ordenamento, torna-se agora uma nova e estável ordem espacial, na qual reside aquela vida nua que, em medida crescente, não pode mais ser inscrita no ordenamento. *O descolamento crescente entre o nascimento (a nua vida) e o Estado-nação é o fato novo da política do nosso tempo e o que chamamos de "campo" é esse resto.* A um ordenamento sem localização (o estado de exceção, no qual a lei é suspensa) corresponde agora uma localização sem ordenamento (o campo como espaço permanente de exceção). O sistema político não ordena mais formas de vida e normas jurídicas num espaço determinado, mas contém no seu interior uma *localização deslocadora* que o excede, na qual toda forma de vida e toda norma pode ser virtualmente capturada. O campo como localização deslocadora é a matriz oculta da política em que ainda vivemos, a qual devemos aprender a reconhecer através de todas as suas metamorfoses. Ele é o quarto, inseparável elemento que foi acrescentado, quebrando a velha trindade Estado-nação(nascimento)-território.

É nessa perspectiva que precisamos olhar para o reaparecimento dos campos numa forma, num certo sentido, ainda mais extrema, nos territórios da ex-Iugoslávia. O que estava acontecendo lá não é, de forma alguma, como observadores interessados apressaram-se em declarar, uma redefinição do velho sistema político segundo novas ordens étnicas e territoriais, ou seja, uma simples repetição dos processos que levaram à constituição dos Estados-nação europeus. Há muito mais uma ruptura incurável do velho *nomos* e um deslocamento das populações e das vidas humanas segundo linhas de fuga inteiramente novas. Daí a importância decisiva dos campos de estupro étnico. Se os nazistas nunca pensaram em atuar a "solução final" engravidando as mulheres judias, é porque o princípio do nascimento, que assegurava a inscrição da vida no ordenamento do Estado-nação, estava ainda, mesmo que profundamente transformado, de algum modo em funcionamento. Tal princípio entra, agora, num processo de deslocamento e de deriva no qual o seu funcionamento torna-se, com toda evidência, impossível e no qual devemos esperar não apenas novos campos, mas também sempre novas e mais delirantes definições normativas da inscrição da vida na Cidade. O campo, que agora se instalou firmemente no seu interior, é o novo *nomos* biopolítico do planeta.

2.

Notas sobre o gesto

1. No fim do século XIX, a burguesia ocidental já havia definitivamente perdido seus gestos.

Em 1886, Gilles de la Tourette, *ancien interne des Hôpitaux de Paris et de la Salpetrière*,[19] publicou pela Delahaye et Lecrosnier os *Études cliniques et physiologiques sur la marche*. Era a primeira vez que um dos gestos humanos mais comuns era analisado com métodos estritamente científicos. Cinquenta e três anos antes, quando a boa consciência da burguesia ainda estava intacta, o programa de uma patologia geral da vida social anunciado por Balzac não havia produzido senão cinquenta folhetos, todos decepcionantes, da *Théorie de la démarche*. Nada revela a distância, não apenas temporal, que separa as duas tentativas quanto a descrição que Gilles de la Tourette faz de um passo humano. Ali onde Balzac não via senão a expressão de um caráter moral, aqui está em obra um olhar que já é uma profecia do cinematógrafo:

---

[19] Em francês, no original. Tradução: "antigo interno dos Hospitais de Paris e da Salpetrière". (N.T.)

Enquanto a perna esquerda funciona como ponto de apoio, o pé direito ergue-se da terra sofrendo um movimento de rotação que vai do calcanhar à extremidade dos dedos, que deixam o chão por último; toda a perna é agora levada adiante, e o pé toca o solo com o calcanhar. Nesse mesmo instante, o pé esquerdo, que terminou a sua revolução e não se apoia mais senão com a ponta dos dedos, desprega-se, por sua vez, do solo; a perna esquerda segue adiante, passa ao lado da perna direita da qual tende a aproximar-se, ultrapassa-a, e o pé esquerdo toca o solo com o calcanhar enquanto o direito termina sua revolução.

Somente um olho dotado de uma visão desse gênero podia colocar em ação esse método das pegadas, de cujo aperfeiçoamento Gilles de la Tourette com razão se sente muito orgulhoso. Um rolo de papel branco de parede ao longo de sete ou oito metros por cinquenta centímetros de largura é pregado no solo e dividido ao meio, no sentido do comprimento, com uma linha traçada a lápis. As plantas dos pés do sujeito do experimento são manchadas, neste momento, com dióxido de ferro em pó, que as tinge de uma bela cor vermelho-ferrugem. As pegadas que o paciente deixa caminhando pela linha diretriz permitem uma perfeita medição da caminhada segundo vários parâmetros (comprimento do passo, avanço lateral, ângulo de inclinação, etc.).

Caso se observem as reproduções das pegadas publicadas por Gilles de la Tourette, é impossível não pensar nas séries de imagens instantâneas que precisamente naqueles anos Muybridge[20] realiza na Universidade da Pensilvânia, servindo-se de uma bateria de 24 objetivas fotográficas. O "homem que caminha em velocidade ordinária", o "homem que corre carregando um fuzil", a "mulher que

---

[20] Eadweard J. Muybridge (1830-1904), fotógrafo inglês conhecido por seus experimentos com a utilização de múltiplas câmeras para captar movimentos. (N.T.)

caminha e recolhe um balde", a "mulher que caminha e manda um beijo" são os gêmeos felizes e visíveis das criaturas desconhecidas e sofredoras que deixaram esses rastos.

Um ano antes dos estudos sobre a andadura, havia sido publicado o *Étude sur une affection nerveuse caracterisée par de l'incoordination motrice accompagnée d'echolalie et de coprolalie*, que devia fixar o quadro clínico daquela que foi depois chamada síndrome de Gilles de la Tourette. Aqui, a mesma tomada de distância do gesto mais cotidiano, que havia permitido o método das pegadas, aplica-se à descrição de uma impressionante proliferação de tiques, de impulsos espasmódicos e maneirismos, os quais não podemos definir de outra forma senão como uma catástrofe generalizada da esfera da gestualidade. O paciente não é capaz de iniciar nem de finalizar os gestos mais simples; se consegue iniciar um movimento, este é interrompido e desarranjado por sobressaltos desprovidos de coordenação e por frêmitos nos quais parece que a musculatura dança (*chorea*) de modo totalmente independente de um fim motor. O equivalente dessa desordem na esfera da andadura é descrito exemplarmente por Charcot[21] nas célebres *Leçons du mardi*:

> Eis aquele que parte, com o corpo inclinado para frente, com os membros inferiores enrijecidos, em extensão unidos, por assim dizer, um no outro, apoiando-se sobre a ponta dos pés; eles deslizam de algum modo sobre o solo, e a progressão ocorre através de uma espécie de trepidação rápida... Quando o sujeito é assim lançado para frente, parece que ele está, a cada instante, ameaçado de cair para frente; em todo caso, é-lhe quase impossível deter-se por si mesmo. Ele sente, frequentemente, a necessidade de apoiar-se em um corpo vizinho.

---

[21] Jean-Martin Charcot (1825-1893), médico e cientista francês, ficou muito famoso com seus estudos sobre a afasia e sobre o aneurisma cerebral. (N.T.)

> Dir-se-ia um autômato movido por uma mola, e, nesses movimentos de progressão rígidos, irregulares, como convulsivos, não há nada que lembre a agilidade do andar... Finalmente, depois de várias tentativas, eis que ele parte e, conforme o mecanismo há pouco indicado, desliza sobre o solo mais do que caminha, com as pernas rígidas, ou, pelo menos, que mal conseguem se flexionar, enquanto os passos são, de alguma maneira, substituídos, igualmente, por trepidações bruscas.

A coisa mais extraordinária é que essas desordens, depois de terem sido observadas em milhares de casos desde 1885, cessam praticamente de serem registradas nos primeiros anos do século XX, até o dia em que, no inverno de 1971, caminhando pelas ruas de Nova York, Oliver Sacks[22] acreditou ter percebido três casos de síndrome de Tourette no decorrer de poucos minutos. Uma das hipóteses que podem ser feitas para explicar esse desaparecimento é que ataxia, tiques e distonias tenham se tornado, nesse meio tempo, a norma e que, a partir de um certo momento, todos haviam perdido o controle de seus gestos e caminhavam e gesticulavam freneticamente. Em todo caso, é essa a impressão que se tem assistindo aos filmes que Marey[23] e Lumière começam a filmar precisamente naqueles anos.

2. No cinema, uma sociedade que perdeu seus gestos procura reapropriar-se daquilo que perdeu e, ao mesmo tempo, registra a sua perda.

Uma época que perdeu seus gestos é, por isso mesmo, obcecada por eles; para homens dos quais toda naturalidade

---

[22] Oliver Wolf Sacks (1933-), neurologista, escritor e químico britânico. (N.T.)

[23] Étienne-Jules Marey (1830-1904), inventor e cronofotógrafo francês. Considerado um dos pioneiros da fotografia e da história do cinema. (N.T.)

foi subtraída, todo gesto torna-se um destino. E quanto mais os gestos perdiam sua desenvoltura sob a ação de potências invisíveis, tanto mais a vida tornava-se indecifrável. É nessa fase que a burguesia, que poucas décadas antes ainda estava efetivamente em posse de seus símbolos, cai vítima da interioridade e entrega-se à psicologia.

Nietzsche é o ponto no qual, na cultura europeia, essa tensão polar, de um lado, em direção à abolição e à perda do gesto e, por outro, rumo à sua transfiguração em um destino, alcança seu ápice. Pois somente como um gesto no qual potência e ato, naturalidade e maneira, contingência e necessidade tornam-se indiscerníveis (em última análise, portanto, unicamente como teatro) é inteligível o pensamento do eterno retorno. *Assim falou Zaratustra* é o balé de uma humanidade que perdeu seus gestos. E quando a época se deu conta disso, então (muito tarde!) começou a tentativa impetuosa de recuperar *in extremis* os gestos perdidos. A dança de Isadora e de Diaghilev, o romance de Proust, a grande poesia do *Jugendstil*[24] de Pascoli[25] a Rilke e, enfim, de modo mais exemplar, o cinema mudo traçam o círculo mágico no qual a humanidade procurou, pela última vez, evocar aquilo que lhe estava escapando das mãos para sempre.

Nos mesmos anos, Aby Warburg deu início às pesquisas que só a miopia de uma história da arte psicologizante pôde definir como "ciência da imagem", enquanto tinham, na verdade, em seu centro, o gesto como cristal de memória histórica, o seu endurecimento em um destino e a tentativa incansável dos artistas e dos filósofos

---

[24] Movimento cultural alemão formado em 1880, em Munique. Seu nome derivou da revista editada em Munique, *Jugend*, que era publicada desde 1896 por Georg Hirth. (N.T.)

[25] Giovanni Pascoli (1855-1912), poeta italiano, autor de *Myricae*, obra publicada pela primeira vez em 1891. (N.T.)

(para Warburg, no limite da loucura) para libertá-lo de tal destino através de uma polarização dinâmica. Como essas pesquisas atuavam no domínio das imagens, acreditou-se que a imagem também fosse o seu objeto. Warburg transformou, ao contrário, a imagem (que para Jung ainda fornecerá o modelo da esfera meta-histórica dos arquétipos) em um elemento decididamente histórico e dinâmico. Nesse sentido, o *Atlas Mnemosyne*, que ele deixou incompleto, com suas quase mil fotografias, não é um repertório imóvel de imagens, mas uma representação em um movimento virtual dos gestos da humanidade ocidental, da Grécia clássica ao fascismo (isto é, algo que é mais próximo a De Jorio[26] do que a Panofsky[27]); no interior de cada seção, cada uma das imagens é considerada muito mais como fotogramas de um filme do que como realidades autônomas (pelo menos no mesmo sentido em que Benjamin precisou uma vez comparar a imagem dialética àqueles caderninhos, precursores do cinematógrafo, os quais, folheados rapidamente, produzem a impressão do movimento).

3. O elemento do cinema é o gesto e não a imagem.

Gilles Deleuze mostrou que o cinema apaga a distinção psicológica falaciosa entre a imagem como realidade psíquica e o movimento como realidade física. As imagens cinematográficas não são nem *poses eternelles*[28] (como as

---

[26] Andrea De Jorio (1769-1851), antiquário e arqueólogo italiano, reconhecido como o primeiro etnógrafo a estudar a linguagem corporal em sua obra *La mimica degli antichi investigata nel gestire napoletano*, de 1832. (N.T.)

[27] Erwin Panofsky (1892-1968), crítico e historiador da arte alemão, um dos principais representantes do chamado método iconológico. (N.T.)

[28] Em francês, no original. Tradução: "poses eternas". (N.T.)

formas do mundo clássico) nem *coupes immobiles*[29] do movimento, mas *coupes mobiles*,[30] imagens elas mesmas em movimento, que Deleuze chama de *images-mouvement*.[31] É necessário ampliar sua análise e mostrar que ela diz respeito, em geral, ao estatuto da imagem na modernidade. Mas isso significa que a rigidez mítica da imagem foi aqui rompida, e que não se deveria falar de imagens propriamente, mas de gestos. Toda imagem, de fato, é animada por uma polaridade antinômica: por um lado, ela é a reificação e o apagamento de um gesto (é a *imago* como máscara de cera do morto ou como símbolo), por outro lado, conserva intacta a sua *dynamis* (como nas séries instantâneas de Muybridge ou como em qualquer fotografia esportiva). A primeira corresponde à lembrança da qual se apossa a memória voluntária, a segunda, à imagem que relampeja na epifania da memória involuntária. E enquanto a primeira vive em um isolamento mágico, a segunda sempre reenvia para além de si mesma, em direção a um todo do qual faz parte. Também a *Monalisa*, como *Las Meninas* podem ser vistas não como formas imóveis e eternas, mas como fragmentos de um gesto ou como fotogramas de um filme perdido, apenas no qual readquiririam seu verdadeiro sentido. Pois em cada imagem está sempre em obra uma espécie de *ligatio*, um poder paralisante que é necessário desencantar, e é como se de toda a história da arte se erguesse uma invocação muda rumo à liberação da imagem no gesto. É o que na Grécia era expresso pelas lendas sobre as estátuas que rompem os laços que as mantêm e começam a mover-se; mas também é a intenção que a filosofia confia à ideia,

---

[29] Em francês, no original. Tradução: "cortes imóveis". (N.T.)

[30] Em francês, no original. Tradução: "cortes móveis". (N.T.)

[31] Em francês, no original. Tradução: "imagens-movimento". (N.T.)

que não é de forma alguma, segundo a interpretação comum, um arquétipo imóvel, mas, antes, uma constelação na qual os fenômenos compõem-se em um gesto.

O cinema reconduz as imagens à pátria do gesto. Segundo a bela definição implícita em *Nacht und Träume* de Beckett,[32] ele é o sonho de um gesto. Introduzir nesse sonho o elemento do despertar é a tarefa do diretor.

4. Como tem o seu centro no gesto e não na imagem, o cinema pertence essencialmente à ordem da ética e da política (e não simplesmente à ordem da estética).

O que é o gesto? Uma observação de Varrão[33] traz uma indicação preciosa. Ele inscreve o gesto na esfera da ação, porém o distingue nitidamente do agir (*agere*) e do fazer (*facere*).

> Pode-se, de fato, fazer algo e não agir, como o poeta que faz um drama, mas não o age [*agere* no sentido de "recitar uma parte"]: ao contrário, o ator age o drama, mas não o faz. Analogamente o drama é feito [*fit*] pelo poeta, mas não é agido [*agitur*]; pelo ator é agido, mas não feito. Ao contrário, o *imperator* [o magistrado investido de poder supremo], em relação ao qual se usa a expressão *res gerere* [realizar alguma coisa, no sentido de tomá-la para si, assumir toda a sua responsabilidade], nele nem faz nem age, mas *gerit*, isto é, suporta [*sustinet*] (*De lingua latina*, VI, VIII, 77).

O que caracteriza o gesto é que, nele, não se produz nem se age, mas se assume e suporta. Ou seja, o gesto abre

---

[32] *Nacht und Träume* de Samuel Beckett é a última telepeça escrita e dirigida por Beckett, na Süddeutscher Rundfunk. Foi gravada em outubro de 1982 e transmitida a 19 de maio de 1983; a peça atraiu um público de dois milhões de espectadores. (N.T.)

[33] Marco Terêncio Varrão (116 a.C-27 a.C), filósofo e antiquário romano de expressão latina. (N.T.)

a esfera do *ethos* como esfera mais peculiar do humano. Mas de que modo uma ação é assumida e suportada? De que modo uma *res* torna-se *res gesta*, um simples fato, um evento? A distinção de Varrão entre *facere* e *agere* deriva, em última análise, de Aristóteles. Em uma célebre passagem da *Etica nicomachea* [Ética a Nicômaco], ele os opõe deste modo: "O modo do agir [da *práxis*] é diferente daquele do fazer [da *poiesis*]. A finalidade do fazer é, de fato, diferente do próprio fazer; a finalidade da práxis não poderia, ao contrário, ser diferente: agir bem é, de fato, em si mesmo o fim" (VI, 1140b). Nova é, ao contrário, ao lado dessas, a identificação de um terceiro gênero da ação: se o fazer é um meio em vista de um fim e a práxis é um fim sem meios, o gesto rompe a falsa alternativa entre fins e meios que paralisa a moral e apresenta meios que, *como tais*, se subtraem ao âmbito da medialidade, sem se tornarem, por isso, fins.

Para a compreensão do gesto, nada é, portanto, mais desviante do que representar uma esfera dos meios voltados a um objetivo (por exemplo, a marcha, como meio para deslocar o corpo do ponto A ao ponto B) e depois, distinta desta e a ela superior, uma esfera do gesto como movimento que tem em si mesmo o seu fim (por exemplo, a dança como dimensão estética). Uma finalidade sem meios é tão alienante quanto uma medialidade que só tem sentido em relação a um fim. Se a dança é gesto, é porque ela não é, ao contrário, nada mais do que a sustentação e a exibição do caráter medial dos movimentos corporais. *O gesto é a exibição de uma medialidade, o tornar visível um meio como tal.* Ele faz aparecer o ser-em-um-meio do homem e, desse modo, abre-lhe a dimensão ética. Mas como, em um filme pornográfico, uma pessoa apanhada no ato de realizar um gesto, que é simplesmente um meio voltado ao fim de dar prazer a outros (ou a si mesma), simplesmente pelo fato de ser fotografada e exibida em sua própria medialidade, é suspensa por esta e pode tornar-se, para os espectadores, meio de um novo prazer (que seria, caso contrário, incompreensível); ou como, na mímica, os gestos voltados aos fins mais familiares são exibidos como tais e, por isso, mantidos em suspensão *"entre le désir et l'accomplissement, la perpétration et son souvenir"*,[34] naquilo que Mallarmé chama um *milieu pur*,[35] assim, no gesto, é a esfera não de um fim em si, mas de uma medialidade pura e sem fim que se comunica aos homens.

Somente desse modo a obscura expressão kantiana "finalidade sem fim" adquire um significado concreto. Ela é, em um meio, aquela potência do gesto que o interrompe no seu próprio ser-meio e apenas assim o exibe, faz de uma *res* uma *res gesta*. Do mesmo modo, caso se entenda por palavra o meio da comunicação, mostrar uma palavra não significa dispor de um plano mais elevado (uma metalinguagem, ela mesma incomunicável no interior do primeiro nível), a partir do qual se faz dela objeto de comunicação, mas expô-la sem nenhuma transcendência em sua própria medialidade, em seu próprio ser meio. O gesto é, nesse sentido, comunicação de uma comunicabilidade. Ele não tem especificamente nada a dizer, porque aquilo que mostra é o ser-na-linguagem do homem como pura medialidade. Porém, como o ser-na-linguagem não é algo que possa ser dito em proposições, o gesto é, em sua essência, sempre gesto de não ter êxito na linguagem, é sempre *gag* no significado estrito do termo, que indica, antes de tudo, algo que se coloca na boca para impedir a palavra, e também a improvisação do ator para suprir um

---

[34] Em francês, no original. Tradução: "entre o desejo e a realização, a perpetração e sua lembrança". (N.T.)

[35] Em francês, no original. Tradução: "meio puro". (N.T.)

vazio de memória ou uma impossibilidade de falar. Daqui não só a proximidade entre gesto e filosofia, mas também entre filosofia e cinema. O "mutismo" essencial do cinema (que nada tem a ver com a presença ou com a ausência de uma trilha sonora) é, como o mutismo da filosofia, exposição do ser-na-linguagem do homem: gestualidade pura. A definição de Wittgenstein do místico, como o mostrar-se daquilo que não pode ser dito, é literalmente uma definição da *gag*. E todo grande texto filosófico é a *gag* que exibe a própria linguagem, o próprio ser-na-linguagem como um gigantesco vazio de memória, como um incurável defeito de palavra.

5. A política é a esfera dos puros meios, isto é, da absoluta e integral gestualidade dos homens.

As línguas e os povos

Os ciganos surgiram na França ao longo das primeiras décadas do século XV, em um período de guerras e desordens, em forma de bandos que diziam provir do Egito e eram guiados por indivíduos que se definiam como duques *in Egypto parvo* ou condes *in Egypto minori*:

> Em 1419, os primeiros grupos de ciganos são notados no território da França atual... em 22 de agosto de 1419, eles surgiram na cidadezinha de Châtillon-en-Dombe, no dia seguinte o grupo chega a Saint-Laurent de Mâcon, a seis léguas de distância, sob as ordens de um certo André, duque do pequeno Egito... Em julho de 1422, um bando ainda mais numeroso desce para Itália... em agosto de 1427, os ciganos aparecem pela primeira vez diante das portas de Paris, depois de terem atravessado a França em guerra... A capital está ocupada pelos ingleses, e toda a Île de France está infestada por bandidos. Alguns grupos de ciganos, guiados por duques ou condes *in Egypto parvo* ou *in Egypto minori* atravessam os Pirineus e chegam até Barcelona (François de Vaux de Foletier, *Les Tsiganes dans l'ancienne France*).

É mais ou menos no mesmo período que os historiadores datam o nascimento do *argot*, como língua secreta dos *coquillards* e dos outros bandos de malfeitores que prosperam durante os anos atormentados que assinalam a paisagem da sociedade medieval ao Estado moderno: "E é verdade, como ele diz, que os supramencionados *coquillards* usam entre eles uma língua secreta [*langage exquis*], que as outras pessoas não podem entender se não lhes é ensinada e através dessa língua reconhecem os membros da assim chamada *Coquille*" (Depoimento de Perrenet no processo dos *coquillards*).

Colocando simplesmente em paralelo as fontes relativas a esses dois fatos, Alice Becker-Ho[36] conseguiu realizar o projeto benjaminiano de escrever uma obra original composta quase inteiramente de citações. A tese do livro é aparentemente anódina: como indica o subtítulo (*Um fator negligenciado nas origens do "argot" das classes perigosas*), trata-se de mostrar a derivação de uma parte do léxico do *argot* mediante o *rom*, a língua dos ciganos. Um "glossário" sucinto mas essencial, ao final do volume, elenca os termos argóticos que têm "um eco evidente, para não dizer uma origem certa nos dialetos ciganos da Europa".

Essa tese, que não sai do âmbito da sociolinguística, implica, porém, outra bem mais significativa: como o *argot* não é exatamente uma língua, porém uma gíria, então os ciganos não são um povo, mas os últimos descendentes de uma classe de foras da lei de uma outra época:

> Os ciganos são a nossa Idade Média conservada; uma classe perigosa de outra época. Os termos ciganos antigos, nos vários *argots*, são como os ciganos, os quais, desde sua primeira aparição, adotaram os patronímicos dos países pelos quais passavam – *gadjesko nav* – perdendo de algum modo sua identidade no papel, aos olhos de todos aqueles que acreditam saber ler.

---

[36] Alice Becker-Ho (1941-), escritora francesa, autora de *Les Princes du Jargon* (Paris: Gallimard, 1993). (N.T.)

Isso explica por que os estudiosos nunca conseguiram esclarecer as origens dos ciganos, nem conseguiram conhecer verdadeiramente sua língua e seus costumes: a pesquisa etnográfica torna-se, aqui, impossível pelo fato de que seus informantes mentem sistematicamente.

Por que tal hipótese, certamente original, mas que se refere a uma realidade popular e linguística totalmente marginal, é importante? Benjamin escreveu certa vez que, nos momentos cruciais da história, o golpe decisivo deve ser dado com a mão esquerda, atuando sobre eixos e articulações ocultos da máquina do saber social. Embora Alice Becker-Ho mantenha-se discretamente nos limites de sua tese, é provável que ela esteja perfeitamente consciente de ter colocado, em um ponto nodal de nossa teoria política, uma mina que se trata apenas de detonar. Não temos, de fato, a mínima ideia do que seja um povo, nem do que seja uma língua (é sabido que os linguistas podem construir uma gramática, ou seja, aquele conjunto unitário dotado de propriedades descritíveis que se chama língua, apenas supondo o *factum loquendi*, isto é, o puro fato de que os homens falam e se entendem entre si, que permanece inacessível à ciência), e, no entanto, toda a nossa cultura política funda-se no ato de relacionar essas duas noções. A ideologia romântica, que operou conscientemente essa articulação e, desse modo, influenciou amplamente tanto a linguística moderna como a teoria política ainda dominante, procurou esclarecer algo obscuro (o conceito de povo) com algo ainda mais obscuro (o conceito de língua). Através da correspondência biunívoca que assim se institui, duas entidades culturais contingentes de contornos indefinidos se transformam em organismos quase naturais, dotados de características e de leis próprias e necessárias. Pois, se a teoria política deve pressupor sem poder explicar o *factum pluralitatis* (chamamos, desse modo, com um termo etimologicamente ligado ao de *populus*, o puro fato de que alguns homens formem uma comunidade) e a linguística deve pressupor sem interrogar o *factum loquendi*, a simples correspondência desses dois fatos funda o discurso político moderno.

A relação ciganos-*argot* coloca radicalmente em questão essa correspondência no mesmo instante em que a retoma parodicamente. Os ciganos estão para o povo como o *argot* está para a língua; mas, no breve átimo em que dura a analogia, ela deixa cair um relampejo sobre a verdade que a correspondência língua-povo estava secretamente destinada a esconder: *todos os povos são bandos e "coquilles", todas as línguas são gírias e "argot".*

Não se trata, aqui, de avaliar a exatidão científica dessa tese, assim como de não deixar escapar a sua potência libertadora. Para quem soube manter o olhar fixo nela, as máquinas perversas e tenazes que governam nosso imaginário político perdem imediatamente seu poder. Que se trate, afinal, de um imaginário, deveria ser agora evidente para todos, visto que a ideia de povo perdeu há algum tempo toda realidade substancial. Mesmo admitindo-se que essa ideia tenha algum dia tido um conteúdo real, para além do insípido catálogo de características elencadas pelas velhas antropologias filosóficas, ela foi de qualquer modo esvaziada de todo sentido pelo mesmo Estado moderno o qual se apresentava como seu guardião e sua expressão: apesar dos falatórios dos bem-intencionados, hoje, o povo não é senão o suporte vazio da identidade estatal e unicamente como tal é reconhecido. Para quem nutre ainda alguma dúvida sobre esse propósito, uma olhada no que está acontecendo ao nosso redor é, a partir desse ponto de vista, instrutiva: se os poderosos da terra se movem armados para defender um *Estado sem povo* (o Kuwait), os *povos sem Estado* (curdos, armênios, palestinos, bascos, judeus da diáspora) podem, ao contrário, ser oprimidos e exterminados impunemente, para que fique claro que o destino de um povo só pode ser uma identidade estatal e que o conceito de *povo* apenas tem sentido se recodificado naquele de cidadania. Daí, também, o curioso estatuto das línguas sem dignidade estatal (catalão, basco, gaélico, etc.), que os linguistas tratam naturalmente como línguas, mas que, de fato, funcionam muito mais como gírias ou dialetos e assumem quase sempre um significado imediatamente político. O entrelaçamento vicioso de língua, povo e Estado torna-se particularmente evidente no caso do sionismo. Um movimento que queria a constituição em Estado do povo por excelência (Israel) se sentiu, por isso mesmo, obrigado a reatualizar uma língua puramente cultual (o hebraico) que já havia sido substituída no uso cotidiano por outras línguas e dialetos (o ladino, o ídiche). No entanto, aos olhos dos guardiões da tradição, precisamente essa reatualização da língua sacra apresentava-se como uma profanação grotesca, da qual um dia a língua se vingaria ("nós vivemos em nossa língua", escrevia, de Jerusalém, Scholem a Rosenzweig,[37] em 26 de dezembro de 1926, "como cegos que caminham sobre um abismo... essa língua está grávida de catástrofes futuras... virá o dia em que irá revoltar-se contra todos aqueles que a falam").

A tese segundo a qual todos os povos são ciganos e todas as línguas são gírias rompe esse entrelaçamento e nos permite olhar de modo novo para aquelas diversas experiências da linguagem que afloraram periodicamente em nossa cultura, somente para serem mal-entendidas e reconduzidas à concepção dominante. Que outra coisa faz

---

[37] Gershom Gerhard Scholem (1897-1982), historiador, teólogo e filólogo judeu-alemão. Franz Rosenzweig (1886-1929), filósofo e teólogo alemão, influenciou pensadores como Walter Benjamin e Emmanuel Lévinas. (N.T.)

Dante, quando, ao narrar no *De vulgari eloquentia* o mito de Babel, diz que cada categoria de construtores da torre recebeu uma língua própria incompreensível para as demais, e que dessas línguas babélicas derivam-se as línguas faladas no seu tempo, se não apresentar todas as línguas da terra como gírias (a língua de profissão é a figura por excelência da gíria)? E contra essa íntima girialidade[38] de todas as línguas, ele não sugere (segundo uma falsificação secular de seu pensamento) o antídoto de uma gramática e de uma língua nacional, mas uma transformação da própria experiência da palavra, que ele chama de *volgare illustre*, uma espécie de emancipação – não gramatical, mas poética e política – das próprias gírias na direção do *factum loquendi*.

Assim, o *trobar clus* dos trovadores provençais é ele próprio, de algum modo, a transformação da língua *d'oc* em uma gíria secreta (não muito diferente de como fez Villon, escrevendo no *argot* dos *coquillards* algumas de suas baladas); mas isso de que tal gíria fala não é, pois, senão uma outra figura da linguagem, marcada como lugar e objeto de uma experiência de amor. E, para nos aproximarmos de tempos mais próximos ao nosso, não irá provocar espanto, nessa perspectiva, que para Wittgenstein a experiência da pura existência da linguagem (do *factum loquendi*) pudesse coincidir com a ética, nem que Benjamin confiasse a uma "pura língua", irredutível a uma gramática e a uma língua particular, a figura da humanidade redimida.

Se as línguas são as gírias que recobrem a pura experiência da linguagem, assim como os povos são as máscaras, mais ou menos bem-sucedidas, do *factum pluralitatis*, então nossa tarefa certamente não pode ser a construção dessas gírias em gramáticas nem a recodificação

---

[38] Em italiano *gergalità*, referente a *gergale* (de gíria) e a *gergo* (gíria). Propomos, em português, o neologismo "girialidade". (N.T.)

dos povos em identidades estatais; ao contrário, somente rompendo em um ponto qualquer a cadeia "existência da linguagem-gramática (língua)-povo-Estado", o pensamento e a práxis estarão à altura dos tempos. As formas dessa interrupção, nas quais o *factum* da linguagem e o *factum* da comunidade emergem por um instante à luz, são múltiplas e variam de acordo com os tempos e as circunstâncias: reativação de uma gíria, *trobar clus*, pura língua, prática minoritária de uma língua gramatical... Em todo caso, está claro que o que está em jogo não é algo simplesmente linguístico ou literário, mas, antes de tudo, político e filosófico.

Glosas à margem dos *Comentários sobre a sociedade do espetáculo*

Estratega

Os livros de Debord constituem a análise mais lúcida e severa das misérias e da servidão de uma sociedade – a do espetáculo, na qual vivemos – que estendeu hoje seu domínio sobre todo o planeta. Como tais, seus livros não precisam de esclarecimentos nem de louvores, muito menos de prefácios. No máximo, será possível, aqui, arriscar alguma glosa à margem, semelhante aos signos que os copistas medievais traçavam ao lado das passagens mais notáveis. Seguindo uma rigorosa intenção anacorética, essas passagens, de fato, foram *separadas*, encontrando seu lugar não em um alhures improvável, mas unicamente na delimitação cartográfica precisa do que descrevem.

Exaltar sua independência de julgamento, a clarividência profética, a perspicácia clássica do estilo não serviria de nada. Nenhum autor poderia hoje consolar-se com a perspectiva de que sua obra será lida daqui a um século (por *quais* homens?), nem nenhum leitor contentar-se (em relação a quê?) com pertencer ao pequeno número daqueles que a compreenderam antes dos outros. Estes são usados mais como manuais ou instrumentos para a resistência ou para o êxodo, semelhantes àquelas armas impróprias que o fugitivo (segundo uma bela imagem de Deleuze) recolhe e coloca apressadamente na cintura. Ou, antes, como a obra de um estratega singular (o título *Comentários* remete exatamente a uma tradição desse tipo), em que o campo de ação não é tanto uma batalha em ato, em que se alinham algumas tropas, quanto a pura potência do intelecto. Uma frase de Clausewitz,[39] citada no prefácio da quarta edição italiana de *A sociedade do espetáculo*, exprime perfeitamente esse caráter: "Em toda crítica estratégica, o essencial é colocar-se exatamente a partir do ponto de vista dos atores. É verdade que isso é muitas vezes difícil. A maior parte das críticas estratégicas desapareceria integralmente, ou se reduziria a mínimas distinções de compreensão, se os autores quisessem ou pudessem situar-se em todas as circunstâncias nas quais se encontravam os atores".

Nesse sentido, não só *O príncipe*, mas também a *Ética* de Espinosa é um tratado de estratégia: uma operação *de potentia intellectus, sive de libertate*.

Fantasmagoria

Marx se encontrava em Londres quando, em 1851, foi inaugurada, com enorme celeuma, a primeira Exposição Universal no Hyde Park. Entre os vários projetos propostos, os organizadores haviam escolhido o de Paxton,[40] o qual previa um imenso palácio construído inteiramente de

---

[39] Carl von Clausewitz (1780-1831), militar do Reino da Prússia, ocupou o posto de general e é considerado um grande estrategista militar e teórico da guerra por sua obra incompleta *Vom Kriege* [Da Guerra], publicada por sua esposa entre os anos 1832 e 1837, em oito volumes. (N.T.)

[40] Joseph Paxton (1803-1865), arquiteto e botânico britânico. (N.T.)

cristal. No catálogo da Exposição, Merrifield[41] escreveu que o *Palácio de Cristal* "é talvez o único edifício no mundo no qual a atmosfera é perceptível... a um espectador situado na galeria, na extremidade oriental ou ocidental... as partes mais distantes do edifício aparecem envolvidas em um halo azulado". Isto é, o primeiro grande triunfo da mercadoria ocorre, ao mesmo tempo, sob o signo da transparência e da fantasmagoria. Também o guia da Exposição Universal de Paris de 1867 reforça esse contraditório caráter espetacular: "*Il faut au publique une conception grandiose qui frappe son imagination... il veut contempler un coup d'œil féerique et non pas des produits similaires et uniformement groupés.*"[42]

É provável que Marx tenha se lembrado da impressão experimentada no Palácio de Cristal quando escrevia a seção de *O capital* que traz o título "O caráter de fetiche da mercadoria e seu segredo". Que essa seção ocupe na obra uma posição liminar não é certamente um acaso. O desvelamento do "segredo" da mercadoria foi a chave que abriu ao pensamento o reino encantado do capital, que este sempre procurou ocultar expondo-o totalmente à vista.

Sem a identificação desse centro imaterial, no qual o produto do trabalho, desdobrado em um valor de uso e em um valor de troca, se transforma em uma "fantasmagoria... que, ao mesmo tempo, cai e não cai sob os sentidos", todas as investigações sucessivas de *O capital* não teriam sido provavelmente possíveis.

Contudo, nos anos 1960, a análise marxiana do caráter de fetiche da mercadoria era, em ambiente marxista,

---

[41] Mary Merrifield (1804-1885), historiador amante da arte e zoologista. (N.T.)

[42] Em francês, no original. Tradução: "É necessária ao público uma concepção grandiosa que toque sua imaginação... ele quer contemplar uma visada feérica e não produtos semelhantes e uniformemente agrupados." (N.T.)

estupidamente rejeitada. Ainda em 1969, no prefácio para uma reedição popular de *O capital*, Louis Althusser convidava os leitores a saltarem a primeira seção, a partir do momento em que a teoria do fetichismo era um traço "flagrante" e "extremamente danoso" da filosofia hegeliana.

Tanto mais notável é o gesto com o qual Debord funda precisamente nesse "traço flagrante" sua análise da sociedade do espetáculo, isto é, do capitalismo que chegou à sua figura extrema. O "devir imagem" do capital não é senão a última metamorfose da mercadoria, na qual o valor de troca, desde então, eclipsou totalmente o valor de uso e, depois de ter falsificado toda a produção social, pode agora aceder a um estatuto de soberania absoluta e irresponsável sobre toda a vida. O Palácio de Cristal em Hyde Park, onde a mercadoria exibe pela primeira vez sem véu seu mistério, é, nesse sentido, uma profecia do espetáculo ou, antes, o pesadelo no qual o século XIX sonhou o século XX. Acordar desse pesadelo é a primeira tarefa que atribuímos aos situacionistas.

Noite de Valpurga

Se existe, no nosso século, um escritor com o qual Debord aceitaria, talvez, ser comparado, este é Karl Kraus.[43] Ninguém soube, como Kraus, em sua luta obstinada com os jornalistas, trazer à luz as leis ocultas do espetáculo, "os fatos que produzem notícias e as notícias que são culpadas pelos fatos". E se tivéssemos que imaginar algo que corresponda à voz fora de campo que nos filmes de Debord acompanha a exposição do deserto de escombros do espetáculo, nada mais apropriado que a voz de Kraus, que, naquelas leituras públicas das quais Canetti descreveu o

---

[43] Karl Kraus (1874-1936), dramaturgo, ensaísta e poeta austríaco. (N.T.)

fascínio, colocava a nu, na opereta de Offenbach, a íntima e feroz anarquia do capitalismo triunfante.

É conhecida a brincadeira com a qual, na póstuma *Terceira noite de Valpurga*,[44] Kraus justifica seu silêncio diante do advento do nazismo: "Sobre Hitler não me vem em mente nada". Esse *Witz* [piada] feroz, no qual Kraus confessa sem indulgência seu próprio limite, também assinala a impotência da sátira frente ao indescritível que se torna realidade. Como poeta satírico, ele é verdadeiramente "só um dos últimos epígonos / que habitam a antiga casa da linguagem". Certamente também em Debord, como em Kraus, a língua se apresenta como imagem e lugar da justiça. No entanto, a analogia se detém nesse ponto. O discurso de Debord começa precisamente onde a sátira torna-se muda. A antiga casa da linguagem (e com ela, a tradição literária na qual a sátira se funda) foi desde então falsificada e manipulada de cima a baixo. Kraus reage a essa situação fazendo da língua o lugar do Juízo Universal. Debord começa, ao contrário, a falar quando o Juízo Universal já aconteceu e depois de que nele o verdadeiro foi reconhecido somente como um momento do falso. O Juízo Universal na língua e a Noite de Valpurga do espetáculo coincidem perfeitamente. Tal coincidência paradoxal é o lugar a partir do qual, perenemente fora de campo, ressoa sua voz.

Situação

O que é uma situação construída? "Um momento da vida, concreta e deliberadamente construído pela organização coletiva de um ambiente unitário e de um jogo de acontecimentos", diz uma definição no primeiro número da *Internationale Situationniste*. Nada seria, porém, mais

---

[44] Em alemão: *Die dritte Walpurgisnacht*, publicada postumamente, em 1952. (N.T.)

desviante do que pensar a situação como um momento privilegiado ou excepcional no sentido do esteticismo. Ela não é nem o devir arte da vida nem o devir vida da arte. Compreende-se a natureza real da situação apenas se a colocamos historicamente no lugar que lhe compete, ou seja, *depois* do fim e da autodestruição da arte e *depois* do trânsito da vida através da prova do niilismo. A "passagem ao noroeste na geografia da verdadeira vida" é um ponto de indiferença entre a vida e a arte, no qual *ambas* sofrem *contemporaneamente* uma metamorfose decisiva. Esse ponto de indiferença é uma política finalmente à altura das suas tarefas. Ao capitalismo, que organiza "concreta e deliberadamente" ambientes e eventos para despotencializar a vida, os situacionistas respondem com um projeto igualmente concreto, mas de signo oposto. Sua utopia é, mais uma vez, perfeitamente tópica, pois se situa no ter lugar daquilo que deseja reverter. Nada pode, talvez, dar a ideia de uma situação construída melhor do que a mísera cenografia na qual Nietzsche, em *A gaia ciência*, coloca o *experimentum crucis* de seu pensamento. Uma situação construída é a estância com a aranha e a luz da lua, entre os ramos, no momento em que à questão do demônio, "Queres tu que este instante retorne infinitas vezes?", é pronunciada a resposta: "Sim, eu quero". Decisivo é, aqui, o deslocamento messiânico que muda *integralmente* o mundo, deixando-o *quase* intacto. Uma vez que tudo aqui ficou igual, mas perdeu a sua identidade.

A *Commedia dell'arte* conhecia os *canovacci*,[45] instruções destinadas aos atores para que colocassem em ato algumas situações nas quais um gesto humano subtraído das potências do mito e do destino podia finalmente

---

[45] *Canovacci* é o roteiro das ações físicas dos atores da *Commedia dell'arte* independentemente do texto. (N.T.)

acontecer. Não se compreende nada da máscara cômica se a entendemos simplesmente como um personagem despotencializado e indeterminado. Arlequim ou o Doutor não são personagens no sentido em que o são Hamlet ou Édipo: as máscaras são não *personagens*, mas *gestos* figurados em um tipo, constelações de gestos. Na situação em ato, a destruição da identidade do papel se dá juntamente com a destruição da identidade do ator. É toda a relação entre texto e execução, entre potência e ato que é recolocada aqui em questão. Pois entre o texto e a execução se insinua a máscara, como misto indistinguível de potência e ato. E o que acontece – na cena, como na situação construída – não é a atuação de uma potência, mas a liberação de uma potência ulterior. *Gesto* é o nome desse cruzamento entre a vida e a arte, o ato e a potência, o geral e o particular, o texto e a execução. Ele é um pedaço de vida subtraído do contexto da biografia individual e um pedaço de arte subtraído da neutralidade da estética: pura práxis. Nem valor de uso nem valor de troca, nem experiência biográfica nem acontecimento impessoal, o gesto é o avesso da mercadoria, o qual deixa precipitar na situação os "cristais dessa substância social comum".

Auschwitz/Timisoara

O aspecto talvez mais inquietante dos livros de Debord é a obstinação com a qual a história parece estar empenhada em dar veracidade às suas análises. Não somente, vinte anos depois de *A sociedade do espetáculo*, os *Comentários* (1988) puderam registrar em todos os âmbitos a exatidão dos diagnósticos e das previsões; mas, nesse ínterim, o curso dos acontecimentos se acelerou em toda parte tão uniformemente na mesma direção que, apenas dois anos depois da publicação do livro, se diria que a política mundial não é, hoje, nada mais do que uma apressada e paródica encenação do roteiro que ele trazia. A unificação substancial de espetáculo concentrado (as democracias populares do leste) e de espetáculo difundido (as democracias ocidentais) no espetáculo integrado, que constitui uma das teses centrais dos *Comentários*, na época por muitos considerada paradoxal, é agora uma evidência trivial. Os muros inabaláveis e as cortinas férreas que dividiam os dois mundos foram varridos em poucos dias. Para que o espetáculo integrado pudesse realizar-se plenamente também em seus países, os governos do leste deixaram cair o partido leninista, assim como aqueles do oeste haviam renunciado há algum tempo ao equilíbrio dos poderes e à liberdade real de pensamento e de comunicação, em nome da máquina eleitoral majoritária e do controle midiático da opinião (que haviam sido ambos desenvolvidos nos Estados totalitários modernos).

Timisoara[46] representa o ponto extremo desse processo, que merece dar seu nome ao novo curso da política mundial. Porque ali uma polícia secreta, que havia conspirado contra si mesma para reduzir o velho regime a espetáculo concentrado, e uma televisão, que colocava a nu, sem falsos pudores, a função política real das mídias, foram bem-sucedidos nisto que o nazismo não havia nem mesmo ousado imaginar – em fazer coincidir em um único evento monstruoso Auschwitz e o incêndio do Reichstag. Pela primeira vez na história da humanidade, cadáveres há pouco enterrados ou alinhados sobre as mesas dos *morgues* [necrotérios] foram desenterrados às pressas e torturados para simular diante das câmeras de televisão o

---

[46] Cidade da Romênia. Ficou muito conhecida internacionalmente, em 1989, por ter sediado uma manifestação anticomunista contra a ditadura de Nicolae Ceaușescu. Mais de 2.000 pessoas foram mortas durante os protestos. (N.T.)

genocídio que devia legitimar o novo regime. O que o mundo inteiro via ao vivo, como a verdade verdadeira nas telas de televisão, era a absoluta não-verdade; e, embora a falsificação fosse às vezes evidente, ela era, no entanto, autenticada como verdadeira pelo sistema mundial das mídias, para que ficasse claro que a verdade já não era mais senão um momento no movimento necessário do falso. Assim, verdade e falsidade tornavam-se indiscerníveis, e o espetáculo legitimava-se unicamente através do espetáculo.

Timisoara é, nesse sentido, a Auschwitz da idade do espetáculo: e como foi dito que, depois de Auschwitz, é impossível escrever e pensar como antes, também assim, depois de Timisoara, não será mais possível olhar uma tela de televisão do mesmo modo.

Schekhinah[47]

De que modo, hoje, na época do triunfo consumado do espetáculo, o pensamento pode recolher a herança de Debord? Pois é claro que o espetáculo é a linguagem, a própria comunicabilidade e o ser linguístico do homem. Isso significa que a análise marxiana é integrada no sentido de que o capitalismo (ou qualquer outro nome que se queira dar ao processo que domina hoje a história mundial) não estava voltado somente à expropriação da atividade produtiva, mas também e, sobretudo, à alienação da própria linguagem, da própria natureza linguística e comunicativa do homem, daquele *logos* no qual um fragmento de Heráclito identifica o Comum. A forma extrema dessa expropriação do Comum é o espetáculo, isto é, a política na qual vivemos. Mas isso significa também que, no espetáculo, é a nossa própria natureza linguística que vem ao nosso

---

[47] Em hebraico: "habitação". (N.T.)

encontro invertida. Por isso (precisamente porque o que está sendo expropriado é a própria possibilidade de um bem comum), a violência do espetáculo é tão destruidora; mas, pela mesma razão, o espetáculo contém ainda algo como uma possibilidade positiva, que se trata de usar contra ele.

Nada se assemelha mais a essa condição do que aquela culpa que os cabalistas chamam de "isolamento da Schekhinah" e que atribuem a Aher, um dos quatro rabinos que, segundo uma célebre *aggadah*[48] do Talmude, entraram no Pardes (ou seja, no conhecimento supremo). "Quatro rabinos", diz a história, "entraram no Paraíso, a saber: Ben Azzai, Ben Zoma, Aher e rabino Akiba... Ben Azzai lançou um olhar e morreu... Ben Zoma olhou e enlouqueceu... Aher cortou os raminhos. Rabbi Akiba saiu ileso."

A Schekhinah é a última das dez Sephiroth ou atributos da divindade, aquela que exprime, antes, a própria presença divina, a sua manifestação ou habitação sobre a terra: a sua "palavra". O "corte dos raminhos" de Aher é identificado pelos cabalistas com o pecado de Adão, o qual, em vez de contemplar a totalidade das Sephiroth, preferiu contemplar a última, isolando-a das outras e, desse modo, separou a árvore da ciência daquela da vida. Como Adão, Aher representa a humanidade, enquanto, fazendo do saber seu próprio destino e sua própria potência especifica, isola o conhecimento e a palavra, os quais não são senão a forma mais acabada da manifestação de Deus (a Schekhinah), das outras Sephiroth nas quais ele se revela. O *risco aqui é que a palavra – ou seja, a ilatência e a revelação de algo – se separe*

---

[48] Em aramaico: "contos, saber", é um termo referente ao material não jurídico da literatura rabínica. Os principais elementos da crença judaica se encontram no *Aggadah*, apresentados na forma de parábola e histórias. (N.T.)

do que ela revela e adquira uma consistência autônoma. O ser revelado e manifesto – e, portanto, comum e participável – se separa da coisa revelada e se interpõe entre ela e os homens. Nessa condição de exílio, a Schekhinah perde sua potência positiva e torna-se maléfica (os cabalistas dizem que ela "suga o leite do mal").

É nesse sentido que o isolamento da Schekhinah exprime a nossa condição epocal. Enquanto, de fato, no velho regime, o estranhamento da essência comunicativa do homem se consubstanciava em um pressuposto que funcionava como fundamento comum, na sociedade espetacular é essa própria comunicabilidade, essa própria essência genérica (ou seja, a linguagem como *Gattungswesen*[49]) que é separada em uma esfera autônoma. O que impede a comunicação é a própria comunicabilidade, os homens são separados daquilo que os une. Os jornalistas e os mediocratas (como os psicanalistas na esfera privada) são o novo clero dessa alienação da natureza linguística do homem.

Na sociedade espetacular, realmente, o isolamento da Schekhinah atinge sua fase extrema, na qual a linguagem não apenas se constitui em uma esfera autônoma, mas tampouco revela mais nada – ou, melhor, revela o nada de todas as coisas. De Deus, do mundo, do revelado, não há mais nada na linguagem: mas, nessa extrema revelação nadificante, a linguagem (a natureza linguística do homem) permanece mais uma vez oculta e separada e atinge, assim, pela última vez, o poder, não dito, de destinar-se em uma época histórica e em um Estado: a era do espetáculo ou o Estado do niilismo consumado. Por isso, o poder fundado na suposição de um fundamento vacila hoje em todo o planeta, e os reinos da terra encaminham-se, um depois do

---

[49] "Ser genérico". (N.T.)

outro, para o regime democrático-espetacular que constitui o acabamento da forma-Estado. Muito antes das necessidades econômicas e do desenvolvimento tecnológico, o que impele as nações da terra rumo a um único destino comum é a alienação do ser linguístico, o desenraizamento de qualquer povo de sua morada vital na língua. Mas, por isso mesmo, a época que estamos vivendo é também aquela na qual torna-se pela primeira vez possível aos homens fazer experiência de sua própria essência linguística – não deste ou daquele conteúdo de linguagem, mas da linguagem *mesma*, não desta ou daquela proposição verdadeira, mas do fato mesmo de que se fale. A política contemporânea é esse *experimentum linguae* devastador, que desarticula e esvazia em todo o planeta tradições e crenças, ideologias e religiões, identidades e comunidades.

Só aqueles que conseguirão realizá-lo até o fim, sem deixar que, no espetáculo, o revelante permaneça velado no nada que revela, mas trazendo à linguagem a própria linguagem, serão os primeiros cidadãos de uma comunidade sem pressupostos nem Estado, na qual o poder nadificante e destinante do que é comum será pacificado e a Schekhinah cessará de sugar o leite maligno de sua própria separação. Assim como o rabino Akiba na *aggadah* do Talmude, esses entrarão e sairão ilesos do paraíso da linguagem.

Tienanmen[50]

Qual é, à luz crepuscular dos *Comentários*, o cenário que a política mundial está desenhando sob os nossos

---

[50] Claudio Oliveira, na tradução de *A comunidade que vem* (Autêntica, 2013), escreveu uma nota referente a Tienanmen, que considero importante retomar: "Os protestos na praça da Paz Celestial (Tienanmen) consistiram em uma série de manifestações lideradas por estudantes na República Popular da China, que ocorreram entre abril e junho de 1989". (N.T.)

olhos? O Estado espetacular integrado (ou democrático-espetacular) é o estágio extremo na evolução da forma-Estado, em direção ao qual se destroem impetuosamente monarquias e repúblicas, tiranias e democracias, regimes racistas e regimes progressistas. Esse movimento global, no próprio instante em que parece dar novamente vida às identidades nacionais, traz em si, na realidade, a tendência rumo à constituição de uma espécie de Estado supranacional de polícia, no qual as normas do direito internacional são uma após a outra tacitamente abolidas. Não só há anos nenhuma guerra é mais declarada (realizando assim a profecia de Schmitt, segundo a qual toda guerra se tornaria no nosso tempo uma guerra civil), mas até mesmo a invasão aberta de um Estado soberano pode ser apresentada como a execução de um ato de jurisdição interna. Os serviços secretos, habituados desde sempre a agirem ignorando as fronteiras das soberanias nacionais, tornam-se, nessas condições, o modelo da organização e da ação política real. Pela primeira vez na história do nosso século, as duas maiores potências mundiais são governadas por duas emanações diretas dos serviços secretos: Bush (ex-chefe da CIA) e Gorbatchev (o homem de Andropov); e quanto mais eles concentram todo o poder em suas mãos, tanto mais isso é saudado, no novo percurso do espetáculo, como uma vitória da democracia. Apesar das aparências, a organização democrático-espetacular-mundial que vai, portanto, se delineando corre o risco de ser, na realidade, a pior tirania que jamais se viu na história da humanidade, em relação à qual resistência e dissenso serão, de fato, sempre mais difíceis, tanto mais que, agora sempre mais claramente, ela terá a tarefa de gerir a *sobrevivência da humanidade em um mundo habitável pelo homem*. Não é dito, no entanto, que a tentativa do espetáculo de manter o controle do processo, que ele mesmo contribuiu para pôr em movimento, seja destinada a ter êxito. O Estado espetacular permanece, apesar de tudo, um Estado que, como todo Estado, se funda (como mostrou Badiou) não em um laço social, do qual seria a expressão, mas na sua dissolução, que proíbe. Em última instância, o Estado pode reconhecer qualquer reivindicação de identidade – até mesmo (a história das relações entre Estado e terrorismo, no nosso tempo, é sua eloquente confirmação) aquela de uma identidade estatal no seu interior; mas que singularidades façam comunidade sem reivindicar uma identidade, que homens copertençam sem uma condição de pertencimento representável (ser italiano, operários, católicos, terroristas...), eis aquilo que o Estado não pode em nenhum caso tolerar. Entretanto, é o mesmo Estado espetacular, enquanto nulifica e esvazia de conteúdo toda identidade real e substitui *o povo e a vontade geral pelo público e pela sua opinião*, que produz massivamente a partir de seu seio algumas singularidades que não são mais caracterizadas por nenhuma identidade social nem por nenhuma condição real de pertencimento: singularidades realmente *quaisquer*. Pois é certo que a sociedade do espetáculo é, também, aquela na qual todas as identidades sociais se dissolveram, na qual tudo aquilo que por séculos constituiu o esplendor e a miséria das gerações que se sucederam sobre a terra agora perdeu todo significado. Na pequena burguesia planetária, em cuja forma o espetáculo realizou de modo paródico o projeto marxiano de uma sociedade sem classes, as diferentes identidades que marcaram a tragicomédia da história universal estão expostas e recolhidas numa vacuidade fantasmagórica.

Por isso, se é lícito avançar uma profecia sobre a política que vem, *esta não será mais a luta pela conquista ou pelo controle do Estado por parte de novos ou velhos sujeitos sociais, mas a luta entre o Estado e o não-Estado (a humanidade), disjunção irremediável entre as singularidades quaisquer e a organização estatal.*

Isso não tem nada a ver com a simples reivindicação do social contra o Estado, que foi por muito tempo a expressão comum dos movimentos de contestação no nosso tempo. As singularidades quaisquer em uma sociedade espetacular não podem formar uma *societas* porque não dispõem de nenhuma identidade para fazer valer, de nenhum laço social para ser reconhecido. Tão mais implacável o contraste com um Estado que nulifica todos os conteúdos reais, mas para o qual um ser que fosse radicalmente privado de toda identidade representável seria (apesar de todas as declarações vazias sobre a sacralidade da vida e sobre os direitos do homem) simplesmente inexistente.

Esta é a lição que um olhar menos desatento poderia tirar dos acontecimentos de Tienanmen. O que mais impressiona, de fato, nas manifestações do mês de maio na China é a relativa ausência de conteúdos determinados de reivindicação (democracia e liberdade são noções muito genéricas para constituírem um objeto real de conflito, e a única solicitação concreta, a reabilitação de Hu Yao-Bang, foi prontamente acolhida). Tanto mais inexplicável parece a violência da reação estatal. É provável, porém, que a desproporção seja somente aparente e que os dirigentes chineses tenham agido, de seu ponto de vista, com perfeita lucidez. Em Tienanmen, o Estado se encontrou diante daquilo que não pode nem deseja ser representado e que, todavia, se apresenta como uma comunidade e uma vida comum (e isso independentemente do fato de que aqueles que se encontravam na praça fossem efetivamente conscientes disso). Que o irrepresentável exista e faça comunidade sem pressupostos nem condições de pertencimento (como uma multiplicidade inconsistente, nos termos de Cantor), esta é precisamente a ameaça com a qual o Estado não está disposto a chegar a um acordo. A singularidade qualquer, que quer se apropriar do próprio pertencimento, do seu próprio ser-na-linguagem e que recusa, por isso, toda identidade e toda condição de pertencimento, é o novo protagonista, nem subjetivo nem socialmente consistente, da política que vem. Onde quer que essas singularidades manifestem pacificamente seu ser comum, haverá um Tienanmen e, cedo ou tarde, aparecerão os carros armados.

O rosto

Todos os seres vivos estão no aberto, manifestam-se e resplandecem na aparência. Mas somente o homem quer apropriar-se dessa abertura, apreender a própria aparência, o próprio ser manifesto. A linguagem é essa apropriação, que transforma a natureza em *rosto*. Por isso a aparência torna-se para o homem um problema, o lugar de uma luta pela verdade.

O rosto é o ser irreparavelmente exposto do homem e, ao mesmo tempo, o seu permanecer oculto precisamente nessa abertura. E o rosto é o único lugar da comunidade, a única cidade possível. Pois aquilo que, em cada indivíduo singular, abre para o político é a tragicomédia da verdade na qual ele já sempre cai e para a qual deve encontrar uma solução.

Aquilo que o rosto expõe e revela não é *algo* que possa ser formulado nesta ou naquela proposição significante e tampouco um segredo destinado a permanecer para sempre incomunicável. A revelação do rosto é revelação da própria linguagem. Ela não tem, por isso, nenhum conteúdo real, não diz a verdade sobre este ou aquele estado de espírito ou de fato, sobre este ou aquele aspecto do homem ou do mundo: é apenas abertura, apenas comunicabilidade. Caminhar sob a luz do rosto significa *ser* tal abertura, padecê-la.

Assim, o rosto é, antes de tudo, *paixão* da revelação, paixão da linguagem. A natureza adquire um rosto no ponto em que se sente revelada pela linguagem. E, no rosto, seu ser exposta e traída pela palavra, seu velar-se na impossibilidade de ter um segredo aflora como castidade ou perturbação, descaramento ou pudor.

O rosto não coincide com a face. Onde quer que uma coisa chegue à exposição e tente agarrar o próprio ser exposto, onde quer que um ser que aparece mergulhe na aparência e deva vir à tona, tem-se um rosto. (Assim, a arte também pode dar um rosto a um objeto inanimado, a uma natureza morta; e por isso as bruxas, que os inquisidores acusavam de beijar no Sabá o ânus de Satanás, respondiam que também ali havia um rosto. E é possível, hoje, que toda a terra, transformada em deserto pela vontade cega dos homens, torne-se um único rosto.)

Eu olho alguém nos olhos: estes se abaixam – é o pudor, que é pudor do vazio que há por trás do olhar – ou me olham por sua vez. E eles podem me olhar descaradamente, exibindo o seu vazio como se existisse por trás dele um outro olho abissal que conhece aquele vazio e o usa como um esconderijo impenetrável; ou com um despudor casto e sem reservas, deixando que no vazio de nossos olhares aconteçam amor e palavra.

A exposição é o lugar da política. Se não há, talvez, uma política animal, é apenas porque os animais, os quais já sempre estão no aberto, não procuram apropriar-se de sua exposição, simplesmente habitam nela sem cuidar dela. Por isso, não se interessam pelos espelhos, pela imagem enquanto imagem. O homem, ao contrário, querendo reconhecer-se – isto é, apropriar-se de sua própria aparência – separa as imagens das coisas, dá a elas um nome. Assim, ele transforma o aberto em um mundo, ou seja, no campo de uma luta política sem tréguas. Essa luta, cujo objeto é a verdade, se chama História.

Nas fotografias pornográficas sempre acontece mais frequentemente que os sujeitos retratados olhem, com um estratagema calculado, para a objetiva, exibindo, assim, a consciência de serem expostos ao olhar. Esse gesto inesperado desmente violentamente a ficção implícita no consumo de tais imagens, segundo a qual quem as olha surpreende, não visto, os atores: estes, desafiando conscientemente seus olhares, obrigam o *voyeur* a olhá-los nos olhos. Nesse instante, a natureza insubstancial do rosto humano vem imediatamente à luz. Que os atores olhem para a objetiva significa que eles *demostram que estão simulando*; e, no entanto, paradoxalmente, exatamente na medida em que exibem a falsificação, mostram-se mais verdadeiros. Hoje, o mesmo procedimento se estendeu à publicidade: a imagem parece mais convincente se mostra abertamente a própria ficção. Em ambos os casos, quem olha se confronta, sem desejá-lo, com alguma coisa que concerne inequivocavelmente à essência do rosto, a própria estrutura da verdade.

Chamamos de tragicomédia da aparência o fato de que o rosto descobre precisamente e apenas enquanto esconde e esconde na mesma medida em que descobre. Desse modo, a aparência que deveria manifestá-lo se torna, para o homem, aparência que o trai e na qual não pode mais se reconhecer. Justamente porque o rosto é somente o lugar da verdade, ele é também imediatamente o lugar de uma simulação e de uma impropriedade irredutível. Isso não significa que a aparência dissimule o que descobre fazendo-o aparecer como não é verdadeiramente: antes, aquilo que o homem é verdadeiramente não é nada mais do que essa dissimulação e essa inquietude na aparência. Pois o homem não é e nem tem que ser nenhuma essência ou natureza, nem algum destino específico, a sua condição é a mais vazia e a mais insubstancial: a verdade. O que resta oculto não é, para ele, algo por trás da aparência, mas o próprio aparecer, o seu não ser nada mais do que um rosto. Levar à aparência a própria aparência é a tarefa da política.

A verdade, o rosto e a exposição são hoje objeto de uma guerra civil planetária, cujo campo de batalha é toda a vida social, cujas tropas de assalto são os *media*, cujas vítimas são todos os povos da terra. Políticos, mediocratas e publicitários compreenderam o caráter insubstancial do rosto e da comunidade que ele abre e o transformam em um segredo miserável do qual se trata de assegurar, a qualquer custo, o controle. O poder dos Estados não está mais fundado, em nosso tempo, no monopólio do uso legítimo da violência (que eles dividem sempre mais de bom grado com outras organizações não soberanas – ONU, organizações terroristas), mas, antes de tudo, no controle da aparência (da *doxa*). A constituição da política em uma esfera autônoma vai junto com a separação do rosto num mundo espetacular, no qual a comunicação humana é dividida por si mesma. A exposição transforma-se, assim, em um valor, que se acumula através das imagens e dos *media* e sobre cuja gestão vela de modo ciumento uma nova classe de burocratas.

Se aquilo que os homens tivessem a comunicar fosse sempre e apenas uma coisa, jamais haveria política propriamente, mas unicamente troca e conflito, sinais e respostas; mas como o que os homens têm a comunicar é, antes de tudo, uma pura comunicabilidade (ou seja, a linguagem), então a política surge como o vazio comunicativo no qual o rosto humano emerge como tal. É desse espaço vazio que políticos e mediocratas procuram assegurar o controle, mantendo-o separado em uma esfera que garante sua inapropriabilidade e impedindo que a própria comunicabilidade venha à luz. Isso significa que a análise marxiana é integrada no sentido de que o capitalismo (ou qualquer outro nome que se queira dar ao processo que domina hoje a história mundial) não era direcionado apenas à expropriação da atividade produtiva, mas também e sobretudo à alienação da própria linguagem, da própria natureza comunicativa do homem.

Enquanto não é senão pura comunicabilidade, todo rosto humano, mesmo o mais nobre e belo, está sempre em suspenso sobre um abismo. Por isso, justamente os rostos mais delicados e cheios de graça parecem, às vezes, repentinamente, se desfazer e deixam emergir o fundo informe que os ameaça. Mas esse fundo amorfo não é senão a própria abertura, a própria comunicabilidade enquanto permanecem pressupostas a si mesmas como uma coisa. Indene é somente aquele rosto que assume em si o abismo da própria comunicabilidade e consegue expô-lo sem temor nem complacência.

Por isso, todo rosto se contrai em uma expressão, se enrijece em um caráter e, desse modo, afunda-se e desmorona-se em si mesmo. O caráter é a careta do rosto no ponto em que – sendo apenas comunicabilidade – se dá conta de não ter nada a exprimir e silenciosamente recua para trás de si em sua identidade muda. O caráter é a reticência constitutiva do homem na palavra; mas o que haveria aqui a apreender é somente uma ilatência, uma pura visibilidade: só uma face. E o rosto não é algo que transcende a face: é a exposição da face em sua nudez, vitória sobre o caráter – palavra.

Visto que o homem é e tem que ser apenas rosto, tudo se cinde para ele em próprio e impróprio, verdadeiro e falso, possível e real. Toda aparência que o manifesta torna-se para ele, assim, imprópria e fáctica e o coloca diante da tarefa de *tornar própria a* sua verdade. Mas esta não é ela mesma uma coisa da qual possamos jamais nos apropriar nem tem, em relação à aparência e ao impróprio, um outro objeto: é somente sua apreensão, sua exposição. A política totalitária do mundo moderno é, ao contrário, vontade de autoapropriação total, na qual ou o impróprio (como acontece nas democracias industriais avançadas) impõe em toda parte o seu domínio em uma vontade irrefreável de falsificação e de consumo ou (como acontece nos Estados assim chamados totalitários) o próprio pretende excluir de si toda impropriedade. Em ambos os casos, nessa grotesca contrafação do rosto, perde-se a única possibilidade verdadeiramente humana: a de apropriar-se da impropriedade como tal, de expor no rosto a *própria* simples impropriedade, de caminhar obscuramente na sua luz.

O rosto humano reproduz em sua estrutura mesma a dualidade de próprio e impróprio, de comunicação e comunicabilidade, de potência e de ato que o constitui. É formado por um fundo passivo sobre o qual sobressaem os traços ativos expressivos.

> Como a estrela – escreve Rosenzweig – reflete nos dois triângulos sobrepostos seus elementos e a coesão dos

elementos em uma via, do mesmo modo, os órgãos do rosto dividem-se em duas camadas. Pois os pontos vitais do rosto são aqueles nos quais ele entra em conexão com o mundo exterior, seja como receptivo seja como ativo. Segundo os órgãos receptivos é ordenada a camada de fundo, por assim dizer as pedras de construção das quais o rosto é composto: fronte e faces. Às faces pertencem as orelhas, à fronte, o nariz. Orelhas e nariz são os órgãos da pura recepção... Sobre esse primeiro triângulo elementar, formado pelo centro da fronte como ponto dominante de todo o rosto e pelos pontos medianos das faces, estende-se um segundo triângulo, que é composto pelos órgãos cujo jogo expressivo anima a máscara rígida do primeiro: olhos e boca.

Na publicidade e na pornografia (sociedade de consumo), surgem em primeiro plano os olhos e a boca; nos Estados totalitários (burocracia), domina o fundo passivo (imagens inexpressivas dos tiranos nos escritórios). Mas somente o jogo recíproco dos dois planos é a vida do rosto.

Da mesma raiz indo-europeia que significa "uno", provêm em latim duas formas: *similis*, que exprime a semelhança, e *simul*, que significa "no mesmo tempo". Assim, ao lado de *similitudo* (semelhança) se tem *simultas*, o fato de ser-junto (do qual, também, rivalidade, inimizade), e ao lado de *similare* (assemelhar-se) se tem *simulare* (copiar, imitar, do qual, também, fingir, simular).

O rosto não é *simulacro*, no sentido de algo que dissimula e encobre a verdade: ele é a *simultas*, o ser-junto das múltiplas faces que o constituem, sem que nenhuma delas seja mais verdadeira do que as demais. Colher a verdade do rosto significa apreender não a *semelhança*, mas a *simultaneidade* das faces, a potência inquieta que as mantém juntas e que as reúne. Assim, o rosto de Deus é a *simultas* dos rostos humanos, a "nossa efígie" que Dante viu na "luz viva" do paraíso.

O meu rosto é o meu *fora*: um ponto de indiferença em relação a todas as minhas propriedades, em relação àquilo que é próprio e àquilo que é comum, àquilo que é interior e àquilo que é exterior. No rosto, estou com todas as minhas propriedades (meu ser moreno, alto, pálido, orgulhoso, emotivo...), mas sem que nenhuma delas me identifique ou me pertença essencialmente. Ele é o limiar de des-apropriação e de des-identificação de todos os modos e de todas as qualidades, o único no qual eles se tornam puramente comunicáveis. E apenas onde encontro um rosto, um *fora* me ocorre, encontro uma exterioridade.

Sede apenas o vosso rosto. Andai no limiar. Não permaneçais os sujeitos das vossas propriedades ou faculdades, não permaneçais sob elas, mas andai com elas, nelas, além delas.

3.

Polícia soberana

Uma das lições menos equívocas da Guerra do Golfo é o ingresso definitivo da soberania na figura da polícia. A desenvoltura com a qual o exercício de um *ius belli* particularmente devastador assumiu aqui a veste, aparentemente modesta, de uma "operação policial" não deve ser considerada (como foi feito por críticos justamente indignados) como uma ficção cínica. A característica talvez mais *espetacular* dessa guerra é que as razões que foram apresentadas para justificá-la não podem ser colocadas de lado como superestruturas ideológicas destinadas a encobrir um desenho oculto: ao contrário, a ideologia, nesse ínterim, penetrou tão profundamente na realidade que as razões declaradas (particularmente aquelas que concernem à ideia de uma nova ordem mundial) devem ser rigorosamente tomadas ao pé da letra. Isso não significa, porém, como juristas improvisados e apologistas de má-fé procuraram fazer valer, que a Guerra do Golfo tenha significado uma limitação salutar das soberanias estatais, inclinadas a atuarem como polícia em favor de um organismo supranacional.

O fato é que a polícia, contrariamente à opinião comum que vê nela uma função meramente administrativa de execução do direito, é talvez o lugar no qual se põe a nu, com maior clareza, a proximidade e, quase, a troca constitutiva entre violência e direito que caracteriza a figura do soberano. Segundo o antigo costume romano, ninguém, por nenhuma razão, podia interpor-se entre o cônsul dotado de *imperium* e o lictor mais próximo que portava o machado sacrifical (com o qual se executavam as sentenças de pena capital). Essa contiguidade não é casual. Se o soberano é, de fato, aquele que, proclamando o estado de exceção e suspendendo a validade da lei, assinala o ponto de indistinção entre violência e direito, a polícia sempre se move, por assim dizer, em um semelhante "estado de exceção". As razões de "ordem pública" e de "segurança", sobre as quais ela deve decidir em cada caso singular, configuram uma zona de indistinção entre violência e direito exatamente simétrica àquela da soberania. Com razão, Benjamin observava que

> a afirmação de que os objetivos do poder de polícia sejam sempre idênticos ou também somente ligados àqueles do direito remanescente é profundamente falsa. Aliás, o "direito" de polícia assinala precisamente o ponto em que o Estado, seja por impotência, seja pelas conexões imanentes de todo ordenamento jurídico, não é mais capaz de garantir através do ordenamento jurídico os objetivos empíricos que pretende alcançar a qualquer custo.

Daí provém a exibição das armas que caracteriza, em todos os tempos, a polícia. Decisiva não é tanto, aqui, a ameaça a quem transgride o direito (a exibição ocorre, de fato, nos lugares públicos mais pacíficos e, em particular, durante as cerimônias oficiais), quanto a exposição daquela violência soberana da qual era testemunha a proximidade física entre cônsul e lictor.

Essa contiguidade embaraçosa entre soberania e função de polícia se exprime no caráter de sacralidade intangível que, nos antigos ordenamentos, reúne a figura do soberano e a do algoz. E ela talvez nunca se mostrou com tanta evidência, quando graças ao acaso fortuito (sobre o qual nos remete um cronista) que, em 14 de julho de 1418, em uma rua de Paris, produz o encontro entre o duque da Borgonha, logo que entrou como conquistador na cidade no comando de suas tropas, e o algoz Coqueluche, que naqueles dias trabalhou incansavelmente para ele: o algoz coberto de sangue aproxima-se do soberano e pega sua mão gritando "caro Irmão!" (*Mon beau frère!*).

A entrada da soberania na figura da polícia não tem, portanto, nada de tranquilizadora. É prova disso o fato, que não cessa de surpreender os historiadores do Terceiro Reich, de que o extermínio dos judeus foi concebido do início ao fim exclusivamente como uma operação de polícia. Sabe-se que jamais foi encontrado um único documento no qual o genocídio fosse atestado como decisão de um órgão soberano: o único documento que possuímos a propósito é o verbal da conferência que, em 20 de janeiro de 1942, reuniu em Grosser Wannsee[51] um grupo de funcionários de polícia de médio e baixo escalão, entre os quais destaca-se para nós apenas o nome de Adolf Eichmann, chefe da divisão B-4 da quarta seção da Gestapo. Somente porque foi concebido e atuado como uma operação de polícia o extermínio dos judeus pôde ser tão metódico e mortal; mas, por outro lado, é justamente como "operação de polícia" que ele aparece hoje, aos olhos da humanidade civil, tanto mais bárbaro e ignominioso.

Porém a investidura do soberano como policial tem outro corolário: torna necessária a criminalização

---

[51] Wannsee é parte de um conjunto de canais que se comunicam com as cidades (grande Wannsee e pequeno Wannsee) no município de Berlim. Em 20 de janeiro de 1942, ocorreu a assim chamada Conferência de Wannsee, ao longo da qual foram discutidos e deliberados vários aspectos práticos do genocídio conhecido pelo nome de Shoah. (N.T.)

do adversário. Schmitt mostrou como, no direito público europeu, o princípio segundo o qual *par in parem non habet iurisdictionem*[52] excluía que os soberanos de um Estado inimigo pudessem ser julgados como criminosos. A declaração do estado de guerra não implicava a suspensão desse princípio nem das convenções que garantiam que a guerra com um inimigo, o qual se reconhecia com igual dignidade, se desenvolvesse respeitando regras precisas (uma das quais era a distinção nítida entre população civil e exército). Vimos, ao contrário, com os nossos olhos, como, seguindo um processo iniciado no fim da Primeira Guerra Mundial, o inimigo vinha antes excluído da humanidade civil e carimbado como criminoso; apenas posteriormente torna-se lícito aniquilá-lo com uma "operação de polícia" que não é obrigada a respeitar nenhuma regra jurídica e pode, portanto, confundir, com um retorno às condições mais arcaicas da beligerância, população civil e soldados, povo e seu soberano-criminoso. Esse deslizamento progressivo da soberania em direção às zonas mais obscuras do direito de polícia tem, todavia, pelo menos um aspecto positivo, o qual convém aqui destacar. Aquilo de que os chefes de Estado, os quais se lançaram com tanto empenho na criminalização do inimigo, não se dão conta é que tal criminalização pode voltar-se, a qualquer momento, contra eles. *Hoje não há na terra um chefe de Estado que não seja, nesse sentido, virtualmente um criminoso.* Qualquer um que, hoje, vista o triste *redingote* da soberania sabe que pode ser um dia tratado como criminoso por seus colegas. E certamente não seremos nós a nos compadecermos dele. Porque o soberano, que consentiu de bom grado em se apresentar com a veste de policial e de carrasco, mostra agora, no fim, sua originária proximidade com o criminoso.

---

[52] "Entre iguais não há império". (N.T.)

Notas sobre a política

1. A queda do Partido Comunista Soviético e o domínio sem véus do Estado democrático-capitalista, em escala planetária, limparam o campo dos dois principais obstáculos ideológicos que impediam a retomada de uma filosofia política à altura de nosso tempo: o stalinismo, de um lado, o progressismo e o Estado de direito, do outro. O pensamento, assim, se encontra hoje pela primeira vez diante de sua tarefa sem ilusão alguma e sem álibi possível. Diante de nossos olhos está para ser realizada, onde quer que seja, a "grande transformação" que empurra um após o outro os reinos da terra (repúblicas e monarquias, tiranias e democracias, federações e Estados nacionais) na direção do Estado espetacular integrado (Debord) e ao "capital-parlamentarismo" (Badiou), que constitui o estágio extremo da forma-Estado. E assim como a grande transformação da primeira revolução industrial havia destruído as estruturas sociais e políticas e as categorias do direito público, do *Ancien Régime*, do mesmo modo os termos soberania, direito, nação, povo, democracia e vontade geral encobrem agora uma realidade que não tem mais nada a ver com aquilo que tais conceitos designavam,

e quem continua acriticamente servindo-se deles não sabe literalmente do que está falando. A opinião pública e o consenso não têm nenhuma relação com a vontade geral, assim como a "polícia internacional" que conduz hoje as guerras não tem nenhuma relação com a soberania do *jus publicum Europaeum*. A política contemporânea é esse experimento devastador, que desarticula e esvazia em todo o planeta instituições e crenças, ideologias e religiões, identidades e comunidades, para voltar depois a repropor a sua forma definitiva nulificada.

2. O pensamento que vem deverá, portanto, tentar levar a sério o tema hegelo-kojeviano (e marxiano) do fim da história, e o heideggeriano do ingresso no *Ereignis* como fim da história do ser. Em relação a esse problema, o campo está atualmente dividido entre aqueles que pensam o fim da história sem o fim do Estado (os teóricos pós-kojevianos ou pós-modernos do cumprimento do processo histórico da humanidade em um Estado universal homogêneo) e aqueles que pensam o fim do Estado sem o fim da história (os progressistas de matrizes variadas). Ambas as posições recaem aquém de sua tarefa, porque pensar a extinção do Estado sem a realização do *telos* histórico é tão impossível quanto pensar um cumprimento da história no qual permanece a forma vazia da soberania estatal. Como a primeira tese demonstra-se totalmente impotente diante da sobrevivência tenaz da forma estatal em uma transição infinita, assim a segunda se choca com a resistência sempre mais viva de instâncias históricas (de tipo nacional, religioso ou étnico). As duas posições podem, de resto, conviver perfeitamente através da multiplicação de instâncias estatais tradicionais (ou seja, de tipo histórico), sob a égide de um organismo técnico-jurídico de vocação pós-histórica.

Está à altura da tarefa apenas um pensamento capaz de pensar *ao mesmo tempo* o fim do Estado e o fim da história, mobilizando um contra o outro. É o que procurou fazer, embora de modo absolutamente insuficiente, o último Heidegger na ideia de um *Ereignis*, de um acontecimento último, no qual aquilo que é apropriado e subtraído do destino histórico é o próprio ficar-oculto do princípio historicizante, a própria historicidade. Se a história nomeia a própria expropriação da natureza humana em uma série de épocas e de destinos históricos, o cumprimento e a apropriação do *telos* histórico que está aqui em questão não significa que o processo histórico da humanidade está agora simplesmente composto em uma ordem definitiva (cuja gestão pode ser confiada a um Estado universal homogêneo), mas que a própria anárquica historicidade que, permanecendo pressuposta, destinou o homem vivente nas diversas épocas e culturas históricas deve agora vir *como tal* ao pensamento, ou seja, que o homem se apropria agora de seu próprio ser histórico, de sua própria impropriedade. O tornar-se próprio (natureza) do impróprio (linguagem) não pode ser formalizado nem reconhecido segundo a dialética do *Anerkennung* [reconhecimento], porque é, na mesma medida, um tornar-se impróprio (linguagem) do próprio (natureza).

A apropriação da historicidade não pode, por isso, ter ainda uma forma estatal – o Estado não sendo nada mais do que a pressuposição e a representação do permanecer-oculto da *arkhe* histórica –, mas deve dar lugar a uma vida humana e a uma política *não estatais e não jurídicas*, que permanecem ainda inteiramente por se pensar.

3. Os conceitos de *soberania* e de *poder constituinte*, os quais estão no centro da nossa tradição política, devem, portanto, ser abandonados ou, pelo menos, repensados.

Eles assinalam o ponto de indiferença entre violência e direito, natureza e *logos*, próprio e impróprio e, como tais, não designam um atributo ou um órgão do ordenamento jurídico ou do Estado, mas a sua própria estrutura original. Soberania é a ideia de que haja um nexo indecidível entre violência e direito, vivente e linguagem, e que tal nexo tenha necessariamente a forma paradoxal de uma decisão sobre o estado de exceção (Schmitt) ou de um *bando* (Nancy), em que a lei (a linguagem) se mantém em relação com o vivente *retirando-se dele*, a-*bando*nando-o à sua própria violência e à sua própria irrelatez. Isto é, a vida sagrada pressuposta e abandonada pela lei no estado de exceção é o portador mudo da soberania, o verdadeiro *sujeito soberano*.

Desse modo, a soberania é o guardião que impede que o limiar indecidível entre violência e direito, natureza e linguagem venha à luz. Nós devemos, ao contrário, manter fixo o olhar justamente sobre aquilo que a estátua da Justiça (que, como lembra Montesquieu, era velada no momento da proclamação do estado de exceção) não devia ver, ou seja, que (como é hoje claro para todos) *o estado de exceção é a regra*, que a vida nua é imediatamente portadora do nexo soberano e, como tal, ela é hoje abandonada a uma violência tanto mais eficaz quanto anônima e cotidiana.

Se há atualmente uma potência social, esta deve procurar ir até o fundo da própria impotência e, declinando toda vontade tanto de pôr o direito quanto de conservá-lo, romper em todo lugar o nexo entre violência e direito, entre vivente e linguagem, que constitui a soberania.

4. Enquanto o declínio do Estado deixa sobreviver em todos os lugares seu invólucro vazio como pura estrutura de soberania e de domínio, a sociedade em seu conjunto é, por sua vez, entregue irrevogavelmente à

forma da sociedade de consumo e de produção orientada ao único fim do bem-estar. Os teóricos da soberania política, como Schmitt, vêm nisso o sinal mais seguro do fim da política. E, na verdade, as massas planetárias dos consumidores (quando não recaem simplesmente nos velhos ideais étnicos e religiosos) não deixam entrever nenhuma figura nova da *polis*.

No entanto, o problema que a nova política tem diante de si é precisamente este: é possível uma comunidade *política* que seja ordenada exclusivamente ao gozo pleno da vida mundana? Mas não é este, observando bem, precisamente o escopo da filosofia? E, quando um pensamento político moderno nasce com Marsílio de Pádua,[53] este não se define precisamente pela retomada, com fins políticos, do conceito averroísta de "vida suficiente" e de "bem viver"? Também Benjamin, no *Fragmento teológico-político*, não deixa dúvidas quanto ao fato de que "a ordem do profano deve ser orientada para a ideia de felicidade". A definição do conceito de "vida feliz" (e, na verdade, de modo que tal conceito não seja separado da ontologia, pois "ser: nós não temos disso outra experiência senão viver") resta uma das tarefas essenciais do pensamento que vem.

A "vida feliz", sobre a qual deve fundar-se a filosofia política, não pode, por isso, ser nem a vida nua que a soberania pressupõe para fazer dela seu próprio sujeito, nem a estranheza impenetrável da ciência e da biopolítica moderna, que hoje se procura em vão sacralizar, mas, precisamente, uma "vida suficiente" e absolutamente profana, que alcançou a perfeição da própria potência e da própria comunicabilidade, e sobre a qual a soberania e o direito não têm mais nenhum domínio.

---

[53] Marsílio de Pádua (1275-1342), filósofo, médico e teólogo italiano. (N.T.)

5. O plano de imanência sobre o qual se constitui a nova experiência política é a extrema expropriação da linguagem realizada pelo Estado espetacular. Enquanto, de fato, no velho regime, o estranhamento da essência comunicativa do homem tinha a sua substância em um pressuposto que funcionava como fundamento comum (a nação, a língua, a religião...), no Estado contemporâneo é essa mesma comunicabilidade, essa mesma essência genérica (isto é, a linguagem) que se constitui em uma esfera autônoma na própria medida em que se torna o fator essencial do ciclo produtivo. O que impede a comunicação é, assim, a própria comunicabilidade, os homens são separados daquilo que os une.

Todavia, isso significa também que, desse modo, é nossa própria natureza linguística que vem ao nosso encontro invertida. Por isso (precisamente porque o que é expropriado é a própria possibilidade do Comum), a violência do espetáculo é tão destruidora; mas, pela mesma razão, ele contém ainda algo como uma possibilidade positiva que pode ser usada contra ele. A época que estamos vivendo é, de fato, também aquela na qual se torna pela primeira vez possível para os homens fazer experiência da sua própria essência linguística – não deste ou daquele conteúdo de linguagem, desta ou daquela proposição verdadeira, mas do próprio *fato de que se fale*.

6. A experiência, que aqui está em questão, não tem nenhum conteúdo objetivo, não é formulável em uma proposição sobre um estado de coisas ou sobre uma situação histórica. Ela concerne não a um *estado*, mas a um *evento* de linguagem, não diz respeito a esta ou àquela gramática, mas, por assim dizer, ao *factum loquendi* como tal. Ela deve, portanto, ser construída como um experimento que diz respeito à própria matéria ou à potência do pensamento

(em termos espinozianos, um experimento *de potentia intellectus, sive de libertate*).

Uma vez que o que está em jogo no experimento não é, de modo algum, a comunicação enquanto destino e fim específico do homem ou como condição lógico-transcendental da política (como é nas pseudofilosofias da comunicação), mas a única experiência material possível do ser genérico (ou seja, é experiência do "comparecimento" – Nancy – ou, em termos marxianos, do *General Intellect*), a primeira consequência que deriva dela é a subversão da falsa alternativa entre fins e meios que paralisa toda ética e toda política. Uma finalidade sem meios (o bem ou o belo como fins em si mesmos) é, de fato, tão alienante quanto uma medialidade que só tem sentido em relação a um fim. O que está em questão na experiência política não é um fim mais elevado, mas o próprio ser-na-linguagem como medialidade pura, o ser-em-um-meio como condição irredutível dos homens. *Política é a exibição de uma medialidade, o tornar visível um meio como tal.* Ela é a esfera não de um fim em si, nem dos meios subordinados a um fim, mas de uma medialidade pura e sem fim como espaço do agir e do pensamento humano.

7. A segunda consequência do *experimentum linguae* é que, para além dos conceitos de apropriação e de expropriação, o que é necessário pensar é, muito mais, a possibilidade e as modalidades de um *uso livre*. A práxis e a reflexão política movem-se, hoje, exclusivamente na dialética entre o próprio e o impróprio, na qual ou o impróprio (como ocorre nas democracias industriais) impõe em todo lugar seu domínio em uma vontade irrefreável de falsificação e de consumo, ou, como ocorre nos Estados integralistas ou totalitários, o próprio pretende excluir de si toda impropriedade. Se chamamos, ao contrário, *comum*

(ou, como querem outros, *igual*) um ponto de indiferença entre o próprio e o impróprio, ou seja, algo que não é jamais apreensível nos termos de uma apropriação ou de uma expropriação, mas somente como *uso*, então o problema político essencial passa a ser: "como se usa um *comum*?". (É, talvez, algo do gênero que tinha em mente Heidegger, quando formulava o seu conceito supremo nem como apropriação nem como expropriação, mas como apropriação de uma expropriação.)

Se conseguirem articular o lugar, os modos e o sentido dessa experiência do evento de linguagem como uso livre do comum e como esfera dos meios puros, as novas categorias do pensamento político – sejam elas *comunidade inoperante, comparecimento, igualdade, fidelidade, intelectualidade de massa, povo por vir, singularidade qualquer* – poderão dar expressão à matéria política que está diante de nós.

Neste exílio. Diário italiano 1992-94

Diz-se que os sobreviventes que voltavam – e voltam – dos campos não tinham nada para contar, que quanto mais seu testemunho era autêntico, tanto menos conseguiam comunicar o que haviam vivido. Como se eles mesmos fossem os primeiros a serem assaltados por uma dúvida sobre a realidade do que lhes tinha acontecido – se não teriam, por acaso, trocado um pesadelo por um acontecimento real. Eles sabiam – e sabem – que em Auschwitz ou em Omarska não tinham se tornado "mais sábios ou mais profundos, nem melhores, mais humanos ou mais benévolos diante dos confrontos do homem", saíram deles, ao contrário, despidos, esvaziados, desorientados. E não tinham vontade de falar sobre isso. Tomadas as devidas distâncias, essa sensação de suspeita nos confrontos com o próprio testemunho vale, de algum modo, também para nós. Parece que nada, no que vivemos nesses anos, nos autoriza a falar.

A suspeita nos confrontos com as suas próprias palavras se produz todas as vezes que a distinção entre o público e o privado perde seu sentido. O que viveram, de fato, os habitantes dos campos? Um acontecimento histórico-político (como – digamos – um soldado que participou da batalha de Waterloo) ou uma experiência estritamente privada? Nem uma coisa nem outra. Se era judeu em Auschwitz ou mulher bosniana em Omarska, entrou no campo não por uma escolha política, mas por aquilo que tinha de mais privado e incomunicável: seu sangue, seu corpo biológico. E, no entanto, precisamente estes funcionam, agora, como critérios políticos decisivos. O campo é, nesse sentido, realmente o lugar inaugural da modernidade: o primeiro espaço no qual acontecimentos públicos e privados, vida política e vida biológica tornam-se rigorosamente indistinguíveis. Na medida em que foi cortado da comunidade política e reduzido a vida nua (e, ainda mais, a uma vida "que não merece ser vivida"), o habitante do campo é, de fato, pessoa absolutamente privada. E, no entanto, não há um único instante em que ele possa encontrar refúgio no privado e precisamente essa indiscernibilidade constitui a angústia específica do campo.

Kafka foi o primeiro a descrever com precisão esse gênero particular de lugar, que desde então se nos tornou perfeitamente familiar. O que torna tão inquietante e, ao mesmo tempo, cômico o caso de Joseph K. é que um acontecimento público por excelência – um processo – apresenta-se, ao contrário, como um fato absolutamente privado, no qual a sala do tribunal confina com o quarto de dormir. Exatamente isso faz do *Processo* um livro profético. E não tanto – ou não só – para os campos. O que vivemos nos anos 1980? Um delirante, solitário caso privado ou um momento decisivo na história italiana e planetária, repleto de acontecimentos a ponto de explodir? É como se tudo aquilo de que fizemos experiência nesses anos tivesse acontecido numa zona opaca de indiferença, na qual tudo se confunde e se torna ininteligível. Os fatos de

Tangentopoli,[54] por exemplo, são acontecimentos públicos ou privados? Confesso que não é claro para mim. E se o terrorismo foi verdadeiramente um momento importante de nossa história política recente, como é possível que aflore na consciência apenas através da história pessoal de alguns indivíduos, como arrependimento, senso de culpa, conversão? A esse deslizamento do público no privado corresponde a publicidade espetacular do privado: o câncer no seio da diva ou a morte de Senna são casos públicos ou pessoais? E como tocar o corpo da estrela pornô, no qual não há um só centímetro que não seja público? E, no entanto, é dessa zona de indiferença, em que as ações da experiência humana são liquidadas, que hoje devemos partir. E se chamamos de campo essa zona opaca de indiscernibilidade, é ainda a partir do campo que devemos, então, recomeçar.

Ouve-se repetir continuamente, vindo de muitas partes, que a situação chegou a um ponto-limite, que as coisas agora se tornaram intoleráveis e que é necessária uma mudança. Quem o repete, porém, são, sobretudo, os políticos e os jornais que gostariam de guiar a mudança, de modo que nada, no fim, realmente mude. Quanto à maioria dos italianos, parece que eles estão olhando silenciosamente o intolerável, como se o espiassem imóveis na frente de uma grande tela de televisão. Mas o que é precisamente insuportável hoje na Itália? Certamente, e antes de tudo,

---

[54] A expressão "mãos limpas" caracteriza uma séria de investigações judiciárias feitas na Itália em relação a políticos, economistas e instituições italianas. Tais investigações trouxeram à tona um sistema de corrupção e financiamentos ilícitos feitos por parte de partidos em níveis altíssimos do mundo político e financeiro italiano, assim chamado "Tangentopoli" (o termo foi criado por Piero Colaprico, cronista do jornal *La Repubblica*). (N.T.)

esse silêncio, esse encontrar-se sem palavras de todo um povo diante do seu próprio destino. Lembre-se, quando tentar falar, que não poderá fazer recurso a nenhuma tradição, que não poderá se aproveitar de nenhuma das palavras que soam bem, liberdade, progresso, estado de direito, democracia, direitos do homem. Tampouco poderá fazer valer credenciais de representante da cultura italiana e do espírito europeu. Você terá que tentar descrever o intolerável sem ter nada para arrancar-se dele. Ficar fiel àquele silêncio inexplicável. À sua insuportabilidade poderá responder apenas com meios a ela imanentes.

Nunca uma época esteve tão disposta a suportar tudo e, ao mesmo tempo, a achar tudo intolerável. Pessoas que engolem cotidianamente o intragável têm pronta nos lábios essa palavra todas as vezes que precisam manifestar sua opinião sobre qualquer problema. Só que, quando alguém se arrisca depois numa definição, se dá conta de que intolerável é somente o fato de que se "torturem e façam em pedaços corpos humanos" – portanto, para o resto, pode-se suportar quase tudo.

Uma das razões do silêncio dos italianos é certamente o rumor dos *media*. Assim que tudo começou, jornais e televisão – até aquele dia, principais organizadores do consenso para o regime – revoltaram-se unanimemente contra ele. Desse modo, eles tiraram literalmente a palavra das pessoas, impedindo que às palavras lenta e cansativamente reencontradas seguissem os fatos.

Uma das leis – tampouco muito secretas – da sociedade democrático-espetacular em que vivemos quer que, nos momentos de grave crise do poder, a mediocracia se afaste aparentemente do regime de que é parte integrante, para governar e encaminhar o protesto a fim de que não se torne revolução. Nem sempre é necessário, como em Timisoara, simular um acontecimento; basta jogar antecipadamente não só com os fatos (declarando, por exemplo, como muitos jornais fazem há meses, que a revolução já aconteceu), mas também com os sentimentos dos cidadãos, dando-lhes expressão na primeira página antes que, fazendo-se gesto e discurso, circulem e cresçam nas conversas e nas trocas de opinião. Lembro ainda, no dia seguinte à malograda autorização para instaurar processo contra Craxi,[55] a impressão paralisante que me fez a palavra VERGONHA em letras garrafais na primeira página de um dos grandes jornais do regime. Encontrar de manhã já pronta, em primeira página, a palavra a ser dita produz um efeito singular, um misto de tranquilidade e de frustração. E uma frustração tranquilizadora (ou seja, o sentimento que sente quem foi expropriado de suas capacidades expressivas) é hoje, na Itália, a paixão dominante.

Nós italianos vivemos atualmente numa condição de absoluta ausência de legitimidade. Certamente, a legitimação dos Estados-nação atravessa, em toda parte, e há muito tempo, uma crise, cujo sintoma mais evidente era precisamente a tentativa obsessiva de recuperar em legalidade, mediante uma proliferação normativa sem precedentes, aquilo que estava se perdendo em legitimidade. Mas em parte alguma o declínio chegou ao limite extremo em que estamos nos habituando a viver. Não há autoridade nem poder público que não ponha agora a nu o seu vazio e a sua abjeção. A magistratura está poupada dessa ruína,

---

[55] Bettino Craxi (1934-2000), político italiano, líder do Partido Socialista Italiano (PSI) de 1976 a 1993; ocupou cargo de primeiro-ministro da Itália de 1983 a 1987; esteve envolvido nas investigações de Tangentopoli, sofrendo duas condenações por corrupção e financiamento ilícito ao PSI; nunca cumpriu sua pena, pois fugiu para Tunísia; morreu enquanto havia quatro processos abertos contra ele. (N.T.)

somente enquanto, tal como uma Erínia da tragédia grega surgida por engano numa comédia, age unicamente como instância de punição e de vingança.

Isso significa, porém, que a Itália está novamente se tornando o laboratório político privilegiado que tinha sido durante os anos 1970. Assim como então os governos e os serviços do mundo inteiro haviam observado com participação atenta (é o mínimo que se pode dizer, a partir do momento em que colaboravam ativamente para o experimento) de que modo um terrorismo bem orientado podia funcionar como mecanismo de relegitimação de um sistema desacreditado, do mesmo modo, agora, os mesmos olhos olham com curiosidade como um poder constituído pode governar a passagem para uma nova constituição sem passar por um poder constituinte. Trata-se, naturalmente, de um experimento delicado, no curso do qual é possível (e não seria necessariamente o êxito pior) que o paciente não sobreviva.

Nos anos 1980, quem falava de complô era acusado de conspiracionismo.[56] Hoje é o próprio presidente da República que denuncia publicamente para o país que os serviços secretos do Estado conspiraram e conspiram contra a ordem e a constituição. A acusação só é imprecisa por um dado particular: como alguém já havia pontualmente observado, todos os complôs são, na realidade, em nosso tempo, *em favor* da ordem constituída. E a enormidade da denúncia é semelhante apenas ao descaramento com que o órgão supremo do Estado admite que os seus serviços secretos atentaram contra a vida dos cidadãos, esquecendo

---

[56] Em italiano, "dietrologia", termo criado na Itália, em 1974: na linguagem usada, sobretudo, pelos políticos e jornalistas, é entendida como a investigação, às vezes, efetuada com desespero, dos fatos ocultos que estariam por trás de um acontecimento. (N.T.)

de acrescentar que aquilo foi feito para o bem do país e para a segurança dos poderes públicos.

Mais impenetrável, mas, na verdade, inconscientemente profética, é a declaração do secretário de um grande partido democrático, segundo o qual os juízes que o acusavam estavam conspirando contra si mesmos. Na fase extrema da evolução da forma-Estado, todo órgão e todo serviço está empenhado em um obstinado e igualmente incontrolável complô contra si mesmo e contra todos os outros.

Vemos, hoje, com frequência, homens políticos (em particular o presidente da República) e jornalistas alertarem os cidadãos acerca de uma suposta crise do "sentido do Estado". Antes se falava, muito mais, de "razão de Estado", que Botero[57] definia sem dissimulação como "a notícia de meios atos que fundam, conservam e ampliam o domínio sobre os povos". O que se esconde por trás desse deslizamento da *razão* para o *sentido*, do racional para o irracional? Como falar de "razão de Estado" seria, hoje, simplesmente indecente, o poder procura uma possibilidade extrema de saúde em um "sentido" que não se entende bem onde reside e que lembra o sentido da honra no *Ancien Régime*. Mas um Estado que perdeu sua razão perdeu também os seus sentidos. Cego e surdo, vai, tateando, ao encontro do seu fim, descuidado da ruína à qual, juntamente consigo, arrasta seus súditos.

Do que se arrependem os italianos? Começaram como membros de brigadas e mafiosos, e, desde então,

---

[57] Giovanni Botero (1540-1617), escritor e filósofo italiano, autor do tratado *Della ragion di Stato e delle cause della grandezza delle città*, publicado em dez volumes, em Veneza, em 1589. (N.T.)

assistimos a um desfile interminável de rostos torvos em sua convicção, decididos no seu próprio vacilar. Às vezes, no caso dos mafiosos, o rosto aparecia na sombra para impedir que fosse reconhecido e – como da sarça ardente – escutávamos "apenas uma voz". Com essa voz profunda da sombra chama, nos nossos dias, a consciência, como se ele não conhecesse outra experiência ética fora do arrependimento. Precisamente aqui, no entanto, se trai a sua inconsistência, pois o arrependimento é a mais traiçoeira das categorias morais – aliás, não é nem mesmo certo se ela pertence à classe dos conceitos éticos genuínos. É conhecido o gesto decisivo com que Espinoza nega ao arrependimento todo direito de cidadania em sua *Ética*: quem se arrepende, ele escreve, é duas vezes infame, uma vez por ter cometido um ato do qual teve que se arrepender, e uma segunda vez porque se arrependeu dele. Mas quando, já no século XII, o arrependimento penetra com força na moral e na doutrina católica, logo se apresenta como um problema. Como provar, com efeito, a autenticidade do arrependimento? Aqui o campo logo se divide entre quem, como Abelardo, exigia apenas a contrição do coração, e os "penitenciais", para os quais importante não era, ao contrário, a insondável disposição interior do arrependimento, como o cumprimento de inequívocos atos exteriores. Toda a questão, portanto, se envolveu imediatamente em um círculo vicioso, no qual os atos exteriores deviam atestar a autenticidade do arrependimento e a contrição interior, garantir a genuinidade das obras, segundo a mesma lógica para a qual, nos processos atuais, denunciar os companheiros é garantia da veracidade do arrependimento e o arrependimento íntimo sanciona a autenticidade da denúncia.

Que o arrependimento tenha ido parar nas salas dos tribunais não é, de resto, um acaso. A verdade é que ele se apresenta desde o início como um compromisso equívoco entre moral e direito. Através do arrependimento, uma religião, que havia ambiguamente chegado a um acordo com o poder mundano, procura sem êxito dar razão ao seu compromisso, instituindo uma equivalência entre penitência e pena, entre delito e pecado. Mas não há indício mais certo da ruína irreparável de toda experiência ética que a confusão entre categorias ético-religiosas e conceitos jurídicos, que chegou hoje ao seu paroxismo. Atualmente, onde quer que se fale de moral, as pessoas têm categorias do direito na ponta da língua, e onde quer que se façam leis e processos, a serem manejados como obscuros feixes de lictor[58] são, ao contrário, conceitos éticos.

Tanto mais irresponsável é a gravidade com que os laicos se apressaram a cumprimentar a entrada do arrependimento – como ato incontestável de consciência – nos códigos e nas leis. Pois se realmente desventurado é quem é constrangido por uma convicção inautêntica a jogar toda a sua experiência interior em um conceito falso, para ele ainda há, talvez, uma esperança. Mas para os mediocratas que se vestem de moralistas e para os *maîtres à penser* televisivos, os quais em sua desventura edificaram vitórias pedantes, para estes, não, não há realmente esperança.

As "almas do purgatório" nas ruas de Nápoles. Aquela enorme que vi ontem, próximo aos Tribunais, onde quase todas as figurinhas dos purgantes tinham os braços quebrados. Eles jaziam na terra, não se erguiam mais ao alto, no gesto da invocação, emblemas inúteis de uma tortura mais terrível do que as chamas.

---

[58] Em italiano, *fascio littorio*: símbolo de origem etrusca, associado ao poder e à autoridade, que foi usado pelo Império Romano e pelo fascismo na Itália. (N.T.)

Do que se envergonhavam os italianos? Nos debates públicos, como nas discussões nas ruas ou nos cafés, impressiona a frequência com que, logo que o tom se eleva, retorna benevolente a expressão "envergonhe-se!", quase como se contivesse todas as vezes o argumento decisivo. Certamente a vergonha é o prelúdio ao arrependimento, e o arrependimento é, hoje, na Itália, a carta vencedora; mas nenhum daqueles que a jogam na cara do outro espera realmente que este repentinamente enrubesça e se declare arrependido. Presume-se, aliás, que não o fará; mas, no estranho jogo que todos aqui estão empenhados em jogar, parece que quem consegue usar em primeiro lugar a fórmula ponha a verdade ao seu lado. Se o arrependimento informa a relação dos italianos com o bem, a vergonha domina a sua relação com a verdade. E como o arrependimento é a sua única experiência ética, do mesmo modo, eles não têm outra relação com a verdade que não seja a vergonha. Mas se trata de uma vergonha que sobreviveu àqueles que deveriam tê-la provado e se tornou objetiva e impessoal como uma verdade de direito. Em um processo no qual a parte decisiva cabe ao arrependimento, a vergonha é a única verdade que possa transitar em julgado.[59]

Na vergonha Marx nutria ainda alguma confiança. A Ruge,[60] que lhe objetava que com a vergonha não se fazem as revoluções, ele responde que a vergonha já é uma revolução, e a define como "uma espécie de raiva voltada para

---

[59] "Transitar em julgado": expressão usada para uma decisão (sentença ou acórdão) de que não se pode mais recorrer, seja porque já passou por todos os recursos possíveis, seja porque o prazo para recorrer terminou. (N.T.)

[60] Arnold Ruge (1802-1880), filósofo e escritor político alemão. Em Paris, Ruge coeditou os Anais Franco-Alemães com Karl Marx. (N.T.)

si mesmo". Mas aquela da qual Marx falava era a "vergonha nacional", que diz respeito aos povos singulares, cada um nos confrontos com os outros, os alemães em relação aos franceses. Primo Levi nos mostrou, ao contrário, que há hoje uma "vergonha de ser homem", uma vergonha com a qual cada homem foi de algum modo manchado. Era – e é ainda – a vergonha dos campos, que tenha ocorrido aquilo que não deveria ocorrer. E é uma vergonha dessa espécie, foi dito justamente, que sentimos atualmente diante de uma vulgaridade de pensamento muito grande, diante de certas transmissões televisivas, diante dos rostos de seus condutores e do sorriso seguro daqueles "especialistas" que emprestam alegremente as suas competências ao jogo político dos *media*. Qualquer um que tenha sentido essa vergonha silenciosa de ser homem cortou em si toda ligação com o poder político no qual vive. Ela nutre o seu pensamento e é o início de uma revolução e de um êxodo do qual mal consegue vislumbrar o fim.

(Joseph K., no ponto em que as facas dos carrascos estão para penetrar-lhe na carne, consegue com um último salto agarrar-se à vergonha que lhe sobreviverá.)

Nada é mais nauseante do que o descaramento com que aqueles que fizeram do dinheiro a sua única razão de vida agitam periodicamente o fantoche da crise econômica, e os ricos vestem, hoje, roupas austeras para alertar os pobres de que sacrifícios serão necessários *para todos*. Igualmente estupefaciente é a docilidade com que aqueles que se tornaram tolamente cúmplices do desequilíbrio da dívida pública, cedendo ao Estado todas as suas economias em troca de BOT,[61] recebem sem pestanejar

---

[61] BOT, Buono Ordinario del Tesoro, é um título cupom-zero, ou seja, um título sem cédula, de duração inferior ou igual aos 12

a admonição e se preparam para apertar o cinto. E, no entanto, qualquer um que tenha conservado alguma lucidez sabe que a crise está sempre em curso, que ela é o motor interno do capitalismo em sua fase atual, assim como o estado de exceção é hoje a estrutura normal do poder político. E assim como o estado de exceção requer que haja porções sempre mais numerosas de residentes desprovidos de direitos políticos e que, no limite, todos os cidadãos sejam reduzidos a vida nua, do mesmo modo a crise, tornada permanente, exige não apenas que os povos do Terceiro Mundo sejam sempre mais pobres, mas também que um percentual crescente de cidadãos das sociedades industriais seja marginalizado e sem trabalho. E não há Estado dito democrático que não esteja atualmente comprometido até o pescoço com essa fabricação maciça de miséria humana.

A punição para aqueles que saem do amor é serem entregues ao poder do Julgamento: eles terão que se julgar reciprocamente.

Este é o sentido do domínio do direito sobre a vida humana no nosso tempo: todas as outras potências religiosas e éticas perderam a sua força e sobrevivem apenas como indulto ou suspensão da *pena*, em nenhum caso como interrupção ou recusa do *julgamento*. Nada é, por isso, mais sombrio do que essa vigência incondicionada das categorias jurídicas em um mundo em que elas não refletem mais nenhum conteúdo ético compreensível: sua vigência é verdadeiramente sem significado, como imperscrutável é o comportamento do guardião da lei na parábola kafkiana. Essa perda de sentido, que transforma

---

meses, emitido pelo governo italiano com o objetivo de financiar a dívida pública. (N.T.)

a sentença mais certa em um *non liquet*,[62] vem à luz nas confissões de Craxi e dos poderosos que até ontem nos governavam, no momento em que têm que passar a mão a outros poderosos provavelmente não melhores. Pois, aqui, a admissão de culpa é imediatamente chamada universal de cada um, como corréu, diante de todos, e onde todos são culpados não é tecnicamente possível o julgamento. (Até mesmo o senhor no Último Dia abster-se-ia de pronunciar a sua sentença se só existissem obrigatoriamente danados.) Aqui o direito retrocede na injunção originária que expressa – segundo a intenção do apóstolo Paulo – a sua íntima contradição: *seja culpado*.

Nada manifesta melhor esse domínio do direito do que o declínio definitivo da ética cristã do amor como potência que une os homens. Mas com isso se trai também o abandono incondicionado de toda intenção messiânica por parte da Igreja de Cristo. Pois o messias é a figura na qual a religião se confronta com o problema da lei, e com esta chega a um acerto de contas decisivo. Tanto em âmbito hebraico, como em cristão ou xiita, o evento messiânico assinala, de fato, antes de tudo, uma crise e uma transformação radical da ordem propriamente legal da tradição religiosa. A velha lei (a Torá da criação), que valia até aquele momento, cessa de valer; mas, como é óbvio, não se trata simplesmente de substituí-la por uma nova lei, a qual contenha diferentes mandamentos e proibições, no entanto, substancialmente homogêneos na sua estrutura em relação aos precedentes. Daí provêm os paradoxos do messianismo, que Sabbatai Zewi exprimia dizendo: "O cumprimento da Torá é a sua transgressão" e Cristo (mais

---

[62] *Non liquet* (do latim *non liquere*, "não está claro") é uma expressão advinda do direito romano que se aplicava nos casos em que o juiz não encontrava nítida resposta jurídica para fazer o julgamento e, por isso, deixava de julgar. (N.T.)

sobriamente do que Paulo) na fórmula: "Não vim dissolver [a lei], mas cumpri-[la]".

Concluindo com o direito um compromisso duradouro, a Igreja congelou o evento messiânico, entregando o mundo ao poder do julgamento, que ela administra, porém, astutamente na forma da indulgência e da remissão penitencial dos pecados (o messias não tem necessidade de tal remissão: o "perdoa-nos as nossas dívidas, como nós perdoamos aos nossos devedores", não é senão a antecipação do cumprimento messiânico da lei). A tarefa que o messianismo havia atribuído à política moderna – pensar uma comunidade humana que não tivesse (somente) a figura da lei – ainda aguarda as mentes que possam apreendê-la.

Hoje, os partidos que se definem "progressistas" e as coligações ditas "de esquerda" venceram as eleições administrativas nas grandes cidades em que se votava. Impressiona a preocupação obsessiva dos vencedores de se apresentarem como *establishment*, de assegurarem a qualquer custo os velhos potentados econômicos, políticos e religiosos. Quando Napoleão derrotou os mamelucos no Egito, convocou, em primeiro lugar, os notáveis sobre os quais se fundava o velho regime, e os informou que, sob o novo soberano, os seus privilégios e as suas funções ficariam inalterados. Visto que, aqui, não se trata da conquista militar de um país estrangeiro, o zelo com o qual o chefe de um partido, o qual se chamava, até bem pouco tempo atrás, comunista, teve que assegurar banqueiros e capitalistas, mostrando que a lira e a bolsa haviam recebido bem o golpe, é no mínimo inoportuno. Uma coisa é certa: esses políticos terminarão por ser derrotados por sua própria vontade de vencer a todo custo. O desejo de ser *establishment* os perderá assim como fizeram perder os seus predecessores.

. . . .

É importante saber distinguir derrota de desonra. A vitória da direita nas eleições políticas de 1994 foi, para a esquerda, uma derrota, o que não implica que tenha sido por isso mesmo uma desonra. Se foi, como é certo, de fato uma desonra, isso se deu porque tal derrota chegou como momento conclusivo de um processo de involução já iniciado há muitos anos. Houve desonra, porque a derrota não concluiu uma batalha sobre posições opostas, mas decidiu apenas a quem cabia colocar em prática uma idêntica ideologia do espetáculo, do mercado e do empreendimento. Podemos ver, nisso, nada mais do que uma consequência necessária de uma traição iniciada já nos anos do stalinismo. Pode ser. Aqui nos interessa, porém, apenas a evolução que se deu a partir do fim dos anos 1970. Pois é nesse momento que a corrupção total das inteligências assumiu a forma hipócrita e conservadora que hoje chamamos de progressismo.

Jean-Claude Milner,[63] em um livro recente, identificou com clareza, definindo "progressismo" como o princípio em nome do qual se cumpriu esse processo: *transigir*. A revolução tinha que transigir com o capital e com o poder, assim como a Igreja tinha precisado entrar em um acordo com o mundo moderno. Desse modo, foi tomando forma, aos poucos, o mote que guiou a estratégia do progressismo em sua marcha rumo ao poder: *é necessário ceder a tudo,* reconciliar cada coisa com seu oposto, a inteligência com a televisão e a publicidade, a classe operária com o capital, a liberdade de palavra com o Estado espetacular, o meio ambiente com o desenvolvimento industrial, a ciência com a opinião, a democracia com a

---

[63] Jean-Claude Milner (1941-), linguista e filósofo francês, autor de *L'arrogance du présent. Regards sur une décennie, 1965-1975* (Paris: Grasset, 2009). (N.T.)

máquina eleitoral, a má consciência e a abjuração com a memória e a fidelidade.

Vemos, hoje, a que levou essa estratégia. Em todos os âmbitos, a esquerda colaborou ativamente para que fossem predispostos os instrumentos e os acordos que a direita no poder não terá senão que aplicar e desenvolver para obter sem esforço seus objetivos.

Exatamente do mesmo modo a classe operária foi desarmada espiritualmente e fisicamente pela social-democracia alemã antes de ser entregue ao nazismo. E enquanto os cidadãos de boa vontade são chamados a vigiar à espera de ataques frontais fantasmagóricos, a direita já passou pela brecha que a própria esquerda havia aberto nas suas linhas.

A política clássica distinguia com clareza *zoé* de *bios*, vida natural de vida política, o homem como simples vivente, que tinha seu lugar na casa, do homem como sujeito político, que tinha seu lugar na *polis*. Pois bem, disso não sabemos mais nada. Não podemos mais diferenciar *zoé* de *bios*, a nossa vida biológica de seres viventes da nossa existência política, aquilo que é incomunicável e mudo daquilo que é dizível e comunicável. Nós, como uma vez escreveu Foucault, somos animais em cuja política está em questão a nossa própria vida de seres viventes. Viver no estado de exceção que se tornou a regra também significou isto: que o nosso corpo biológico privado se tornasse indistinguível do nosso corpo político, que experiências que há um tempo se diziam políticas fossem, de repente, confinadas no nosso corpo biológico e que experiências privadas se apresentassem subitamente fora de nós como corpo político. Tivemos que nos habituar a pensar e a escrever nessa confusão de corpos e de lugares, de externo e interno, daquilo que é mudo e daquilo que tem palavra, do que é escravo e do que é livre, do que é necessidade e do que é desejo. Isso significou — por que não confessá-lo? — fazer experiência de uma impotência absoluta, encontrarmo-nos sempre com a solidão e o mutismo justamente ali onde esperávamos companhia e palavras. Atravessamos como podíamos essa impotência, enquanto de toda parte nos circundava o ruído dos *media*, que definia o novo espaço político planetário, onde a exceção havia se tornado a regra. Mas é a partir desse terreno incerto, dessa zona opaca de indistinção que precisamos, hoje, reencontrar o caminho de uma outra política, de um outro corpo e de uma outra palavra. A essa indistinção entre público e privado, corpo biológico e corpo político, *zoé* e *bios* não conseguiria renunciar por nenhuma razão. É aqui que devo reencontrar o meu espaço — aqui, ou em nenhum outro lugar. Somente uma política que parta dessa consciência pode interessar-me.

Lembro que, em 1966, enquanto acompanhava em Le Thor o seminário sobre Heráclito, perguntei a Heidegger se tinha lido Kafka. Respondeu-me que, do não muito que havia lido, havia ficado, sobretudo, impressionado com o conto "Der Bau", O covil. O animal inominado (toupeira, raposa ou ser humano) protagonista do conto está obsessivamente ocupado em construir um covil inexpugnável, que se revela aos poucos ser, na verdade, uma armadilha sem saída. Mas não é precisamente o que aconteceu no espaço político dos Estados-nação do Ocidente? As casas (as "pátrias") que estes trabalharam para construir revelaram-se ser, no fim, para os "povos" que tinham que habitar nelas, apenas armadilhas mortais.

A partir do fim da Primeira Guerra Mundial é, de fato, evidente que, para os Estados-nação europeus, não há mais tarefas históricas atribuíveis. Entendemos de modo completamente equivocado a natureza dos grandes experimentos totalitários do século XX se os vemos apenas como continuações das últimas tarefas dos Estados-nação do século XIX: o nacionalismo e o imperialismo. O que está em jogo agora é algo absolutamente diferente e muito mais extremo, pois se trata de assumir como tarefa a pura e simples existência fáctica dos povos – ou seja, em última análise, a sua vida nua. Nisso, os totalitarismos do nosso século constituem realmente a outra face da ideia hegelo-kojeviana de um fim da história: o homem alcançou agora o seu *telos* histórico e não resta outra coisa senão a despolitização das sociedades humanas através do desdobramento incondicionado do reino da *oikonomia*, ou mesmo a admissão da própria vida biológica como tarefa política suprema. Mas quando o paradigma político – como é verdadeiro em ambos os casos – se torna a casa, portanto o próprio, a mais íntima facticidade da existência corre o risco de transformar-se em uma armadilha fatal. E nós, hoje, vivemos nessa armadilha.

Em uma passagem decisiva da *Etica nicomachea* (1907 b, 22), Aristóteles se pergunta, num certo ponto, se há um *érgon*, um ser-em-ato e uma obra própria do homem, ou se ele não é, por acaso, como tal essencialmente *argós*, sem obra, inoperoso:

> Como para o flautista, para o escultor e para todo artesão – ele escreve – e, em geral para todos aqueles que têm uma obra e uma função, o bem próprio parece consistir nesse *érgon*, assim deveria ser para o homem como tal, admitido que haja para ele algo como um *érgon*, uma obra própria. Ou teremos que dizer que, enquanto o carpinteiro e o sapateiro têm uma obra e uma função próprias, o homem não tem nenhuma, que ele nasceu *argós*, sem obra?

A política é aquilo que corresponde à inoperosidade essencial dos homens, ao ser radicalmente sem obra das comunidades humanas. Há política, porque o homem é um ser *argós*, que não é definido por nenhuma operação própria – ou seja: um ser de pura potência, que nenhuma identidade e nenhuma vocação podem exaurir (este é o significado político genuíno do averroísmo, o qual liga a vocação política do homem ao intelecto em potência). De que modo essa *argía*, essas inoperosidades e potencialidades essenciais poderiam ser assumidas sem se tornarem uma tarefa histórica, isto é, de que modo a política poderia ser nada mais do que a exposição da ausência de obra do homem e, quase, da sua indiferença criadora em relação a qualquer tarefa e somente nesse sentido permanecer integralmente destinada à felicidade – eis o que, através e para além do domínio planetário da *oikonomia* da vida nua, constitui o tema da política que vem.

Forster[64] conta que durante uma de suas conversas com Kaváfis, na Alexandria, o poeta lhe disse: "Vocês ingleses não podem nos entender: nós gregos falimos há muito tempo". Acredito que uma das poucas coisas que podemos afirmar com certeza é que, desde então, todos os povos da Europa (e, talvez, da terra) faliram. *Nós vivemos depois da falência dos povos*, assim como Apollinaire dizia de si mesmo: "Vivi no tempo em que morriam os reis". Cada povo teve seu modo particular de falir, e certamente não é indiferente que para os alemães isso tenha significado Hitler e Auschwitz, para os espanhóis uma guerra civil, para os franceses Vichy, para os outros povos, por sua vez, os tranquilos e atrozes anos 1950, para os sérvios, os estupros de Omarska; em última análise, decisiva é para nós apenas a nova tarefa que essa falência nos deixou como

---

[64] Edward Morgan Forster (1879-1970), mais conhecido por E. M. Forster, romancista britânico, autor de *A Passage to India* (1924). (N.T.)

herança. Talvez não seja nem mesmo correto defini-la como uma tarefa, visto que não há mais um povo que a assuma. Como diria hoje sorrindo o poeta alexandrino: "Agora, pelo menos, podemos nos entender, já que vocês também faliram".

Notas aos textos

"Forma-de-vida" foi publicado em *Futur antérieur* (15, 1993). "Para além dos direitos do homem" em *Libération* (9 e 10 de junho de 1993). "O que é um povo?" em *Libération* (11 de fevereiro de 1995). "O que é um campo?" em *Libération* (3 de outubro de 1994). "Notas sobre o gesto" em *Trafic* (1, 1992). "As línguas e os povos" em *Luogo comune* (1, 1990), como resenha sobre o livro de Alice Becker-Ho, *Les princes du jargon* (Paris, 1990). "Glosas à margem dos *Comentários sobre a sociedade do espetáculo*" como prefácio ao livro de Guy Debord (Milão, 1990). "O rosto" em *Marka* (28, 1990). "Polícia soberana" em *Luogo comune* (3, 1992). "Notas sobre a política" em *Futur antérieur* (9, 1992).

Coleção FILÔ

Gilson Iannini

A filosofia nasce de um gesto. Um gesto, em primeiro lugar, de afastamento em relação a certa figura do saber, a que os gregos denominavam *sophia*. Ela nasce, a cada vez, da recusa de um saber caracterizado por uma espécie de acesso privilegiado a uma verdade revelada, imediata, íntima, mas de todo modo destinada a alguns poucos. Contra esse tipo de apropriação e de privatização do saber e da verdade, opõe-se a *philia*: amizade, mas também, por extensão, amor, paixão, desejo. Em uma palavra: Filô.

Pois o filósofo é, antes de tudo, um *amante* do saber, e não propriamente um sábio. À sua espreita, o risco sempre iminente é justamente o de se esquecer daquele gesto. Quantas vezes essa *philia* se diluiu no tecnicismo de uma disciplina meramente acadêmica e, até certo ponto, inofensiva? Por isso, aquele gesto precisa ser refeito a cada vez que o pensamento se lança numa nova aventura, a cada novo lance de dados. Na verdade, cada filosofia precisa constantemente renovar, à sua maneira, o gesto de distanciamento de si chamado *philia*.

A coleção FILÔ aposta nessa filosofia inquieta, que interroga o presente e suas certezas, que sabe que as fronteiras da filosofia são muitas vezes permeáveis, quando não incertas. Pois a história da filosofia pode ser vista como a história da delimitação recíproca do domínio da racionalidade filosófica em relação a outros campos, como a poesia e a literatura, a prática política e os modos de subjetivação, a lógica e a ciência, as artes e as humanidades.

A coleção aposta também na publicação de autores e textos que se arriscam a pensar os desafios da atualidade. Isso porque é preciso manter a verve que anima o esforço de pensar filosoficamente o presente e seus desafios. Nesse sentido, a inauguração da série Agamben, dirigida por Cláudio Oliveira, é concretização desse projeto. Pois Agamben é o pensador que, na atualidade, melhor traduz em ato tais apostas.

Série FILÔ Agamben

Cláudio Oliveira

Embora tenha começado a publicar no início dos anos 1970, o pensamento de Giorgio Agamben já não se enquadra mais nas divisões que marcaram a filosofia do século XX. Nele encontramos tradições muito diversas que se mantiveram separadas no século passado, o que nos faz crer que seu pensamento seja uma das primeiras formulações filosóficas do século XXI. Heidegger, Benjamin, Aby Warburg, Foucault e tantos outros autores que definiram correntes diversas de pensamento durante o século XX são apenas elementos de uma rede intrincada de referências que o próprio Agamben vai construindo para montar seu pensamento. Sua obra é contemporânea de autores (como Alain Badiou, Slavoj Žižek ou Peter Sloterdijk) que, como ele, tendo começado a publicar ainda no século passado, dão mostra, no entanto, de estarem mais interessados no que o pensamento tem a dizer neste início do século XXI, para além das diferenças, das divisões e dos equívocos que marcaram o anterior.

Uma das primeiras impressões que a obra de Agamben nos provoca é uma clara sensibilidade para a questão da escrita filosófica. O caráter eminentemente poético de vários de seus livros e ensaios é constitutivo da questão, por ele colocada em seus primeiros livros (sobretudo em *Estâncias*, publicado no final da década de 1970), sobre a separação entre poesia e filosofia, que ele entende como um dos acontecimentos mais traumáticos do pensamento ocidental. Um filósofo amigo de poetas, Agamben tenta escrever uma filosofia amiga da poesia, o que deu o tom de suas principais obras até o início da década de 1990. A tetralogia *Homo Sacer*, que tem início com a publicação de *O poder soberano e a vida nua*, na Itália, em 1995, e que foi concluída em 2014, com a publicação do segundo tomo do quarto volume, intitulado *O uso dos corpos* (após a publicação de nove livros, divididos em quatro volumes), foi entendida por muitos como uma mudança de rota, em direção à discussão política. O que é um erro e uma incompreensão. Desde o primeiro livro, *O homem sem conteúdo*, a discussão com a arte em geral e com a literatura e a poesia em particular é sempre situada dentro de uma discussão que é política e na qual o que está em jogo, em última instância, é o destino do mundo ocidental e, agora também, planetário.

Aqui vale ressaltar que essa discussão política também demarca uma novidade em relação àquelas desenvolvidas nos séculos XIX e XX. Como seus contemporâneos, Agamben coloca o tema da política em novos termos, mesmo que para tanto tenha que fazer, inspirando-se no método de Foucault, uma verdadeira arqueologia de campos do saber até então não devidamente explorados, como a teologia e o direito. Esta é, aliás, outra marca forte do pensamento de Agamben: a multiplicidade de campos do saber que são acionados em seu pensamento. Direito, teologia, linguística, gramática histórica, antropologia, sociologia, ciência política, iconografia e psicanálise vêm se juntar à filosofia e à literatura, como às outras artes em geral, dentre elas o cinema, para dar conta de questões contemporâneas que o filósofo italiano entende encontrar em todos esses campos do saber.

Ao dar início a uma série dedicada a Agamben, a Autêntica Editora acredita estar contribuindo para tornar o público brasileiro contemporâneo dessas discussões, seguindo, nisso, o esforço de outras editoras nacionais que publicaram outras obras do filósofo italiano anteriormente. A extensão da obra de Agamben, no entanto, faz com que vários de seus livros permaneçam inéditos no Brasil. Mas, com seu esforço atual de publicar livros de vários períodos diferentes da obra de Giorgio Agamben, a Autêntica pretende diminuir essa lacuna e contribuir para que os estudos em torno dos trabalhos do filósofo se expandam no país, atingindo um público ampliado, interessado nas questões filosóficas contemporâneas.

Este livro foi composto com tipografia Bembo Std e impresso
em papel Off-white 70 g/m² na Formato Artes Gráficas.